目　录

第一辑　童心如水

五岁天空里的云霞　002

"自造"之乐　005

敢傲长安名利客　008

梦达不到的远方　013

万般缱绻惟时光　017

人生起步"学习"始　020

画片青草喂小兔　023

假期里的孩子　026

我要"看看"　029

第二辑　人间百味

给机砖厂立个小传　034

从田埂上走出去的孩子　038

胡子还是要刮的　041

旧时邻里三嫂子　044

君犹青葱我已老　047

没有初恋有故事　050

澡堂子里的一道特殊风景　053

淦爷爷的故事　056

鱼济济，不是旧时相识　059
往生路上风景殊　062

第三辑　我思我在

爱之两极　068
常忆雷声惊故人　071
风水成人也弄人　074
简约之慧　077
岁月悠悠自升华　079
静静的胥江　081
献给"我会努力"的掌声　084
烟火之惑　087
处处风景何匆匆　090
万千愁绪尽自惹　093
患难之交　097

第四辑　余温绵长

端午粽子香渐远　102
土灶柴火炊烟飘　105
故乡曾在波涛间　108
闲唠旧事说分家　111
村郊夜雨时　114
家有宠物一头猪　118
小桌矮凳晚餐香　121
外婆的月亮湾　124
到乡下"大扫荡"　128

第五辑　近在天边

和灵魂握个手　134
烟雨迷蒙银子浜　137
难忘那些生命的颜色　140
千墩难觅千灯灿　143
诗情几多染芳菲　146
竹海深处"农家乐"　150
飞越海峡——台湾旅游漫记　155
我从宝带桥上过　167
周庄"诗话"　170
那些远去的灯光　173
荡口半日游　176

第六辑　岁月捡漏

奶奶是个"民国范"　180
爷爷当年看仓库　184
有一种南瓜叫"斜瓜"　187
白驹杂忆　190
锁事琐记　193
白果树下祖师庙　197
闹钟却是有情物　200

第一辑　童心如水

五岁天空里的云霞

每个人,都有属于自己的天空。幼年、童年、青春、成年而渐至老迈,人生的每一个时段,因为自己的高度和得到的光照不同,这天空,会以不同的形态呈现,留给特定个体以不同的感受。无论是广阔明媚,还是逼仄黯淡,不管是刻骨铭心,还是风过无痕,它们,都曾是真实的存在。

五岁的天空,有多少云霞?

那天吃晚饭,爷爷打开酒瓶,"蓝色经典"酒瓶盖上,有一个饰物,光彩熠熠。墨墨将其拿下,说:爷爷,这是一块钻石,给我了,这是你送我的高贵的礼物。奶奶说:你怎么乱用词语?爷爷连忙为墨墨辩护:可以说高贵的,那是钻石所具有的象征意义。墨墨一定不懂得什么叫象征,但还是得意地笑了。晚饭后。奶奶从阳台上收回衣服,拿到沙发上折叠。墨墨走过去,一本正经地说:奶奶,问题严重了!奶奶吃一惊,问:什么事?"你不是说好吃完晚饭就一起出去散步的吗?到现在还没走,这不是说话不算数?"奶奶呵呵一笑:"是的,说话不算数是个严重的问题"。然后赶忙催着爷爷，三人一起下楼。

墨墨还没有学认字，但拿到奶奶的手机，能准确地找到他所想要的动画或其他影像，这应该是他把文字作为一种符号，储入了记忆。后来发生的一件事，对此做出了证明。他在爷爷的房间翻看丢在桌上的《钟山》杂志，用手指着杂志封面问：爷爷，这上面是什么字？爷爷告诉他是"钟山"。他说，不对呀，"中"不是一个长方形，还有一笔的吗？爷爷说，这个"锺"是繁体字，如果写成时钟的"钟"，就有长方形加一笔了。墨墨得意地笑笑，又去"读"他的书了。

和爸爸妈妈在一起，墨墨都是自己吃饭，和爷爷奶奶一起，有时会撒娇：我要喂！有时，爷爷奶奶不予理睬，有时，也会满足要求。这次，爷爷喂的时候，频率过快。他说：我嘴里还有。等嘴里空了，爷爷又把夹着的菜朝他嘴里塞。他推开，说：爷爷，我嘴就这么大，就像一个房间，只能容四个人，一下子来了八个，住得下吗？

那回，说到了谁像谁。爷爷对墨墨说：你爸爸眼睛像奶奶，是奶奶生的，你眼睛像你爸爸，你是你爸爸生的。墨墨说：我才不是爸爸生的——我又不是海马，小海马才是海马爸爸生的——我是妈妈生的。

昨晚九点钟，洗好澡，墨墨不肯一个人睡觉，要爷爷陪他。爷爷不想陪，却被他拽着。爷爷让步，说：那就陪你躺一会儿走；爷爷还要有事情的。墨墨说：我要你躺好久好久。爷爷知道墨墨对数的概念不是十分的清楚，说：那好吧，躺下后我们一起数数，数到100，然后你自己睡。墨墨果然上当，说：那你要慢点数。爷爷愉快地答应了。

1——2——3——，爷爷打算用两分钟的时间数完，可是，墨墨嫌数得太快，爷爷只好再降低速度。当数到20的时候，爷爷开始想歪主意了。26——27——29——，墨墨大叫起来：不行，你插队了！插队？是的，你跨过了28。爷爷只好认错，将28补上。墨墨说：不行，你要从1开始数，谁叫你插队的？爷爷自己输理，自认倒霉，只好从头数起。数到 40，又开始打主意，爷爷想看看他对于十位数的进位，有没有形成概念。于是，数到 49 时，爷爷接着数：——60——61——，墨墨大笑：哈，你又插队了。爷爷赶忙纠正，50——51——，墨墨说：不行，还要从头开始，谁叫你又插队的。爷爷拗不过，只好再从头开始，规规矩矩地从 1 数到 100。墨墨还算守信用，没有再挽留爷爷陪他。爷爷走出房间，替他把门关好，他哼哼唱唱一会儿，就睡着了。

  这片天空，属于墨墨。这些零零碎碎的故事，是他五岁天空里的云霞。

2017.5.16

"自造"之乐

墨墨被他爸爸妈妈带走,一堆玩具,依旧留着,说是过来时需要玩。飞机,轨道列车,变形金刚,各种型号的汽车,枪械和刀剑,积木和各种面具。我看着这些从超市或商场买回的"现代化"装备,不禁想起小时候曾经玩过的那些玩具,多为自己动手所做。有些,已经记忆模糊,有的虽然记忆清晰,但如果让我现在动手,则未必能够做成了。我印象尤深的是高粱穗杆眼镜和乌金子、木板、钢丝"手枪"系列。

高粱株有两米开外,但穗杆只有一尺多长,是从高粱株里抽出的芯,类似于大蒜的苔。穗杆顶端绽放着一簇火焰般的成熟的高粱籽粒,把穗杆用刀从高粱上部割开,脱去籽粒的穗杆,俗语叫做芦稷苗子。它们是做扫地的笤帚(掸子)的最佳材料。那时,乡下人、城里人,扫地最常用的工具,就是用高粱穗杆做成。

我从一捆被爷爷当作宝贝收起来的高粱穗杆里抽出两根,用小刀从略粗的一头切入,把穗杆的皮剥下来放在一边。被剥掉皮的高粱穗杆芯,白白的,软软的,有如海绵一样富有弹性,却比海绵更加劲道、细腻、柔韧。把剥掉皮的穗杆切成若干半寸长的小块，再将剥下来的高粱穗杆皮稍作整理，圈起来，穿进切成的小块，便是做成的镜框。两个镜框做好后，用一小截杆皮当做"鼻梁架"，横插进镜框各自一边的杆芯，两个镜框便被连接起来。最后，用同样的方法在镜框外侧装上两根眼镜架，一副高粱穗杆眼镜便大功告成。

我已记不清我的手艺从何处学来，但记得我们几个小伙伴，经常戴着眼镜在村里招摇、显摆，那可真是神气活现。

手枪，这应该不止是我们那一代人童年的最爱。小时候看打仗的电影多，所以，对枪的印象就很深刻，渴望有一把玩具手枪，却没钱买。在生产队仓库西面的小河边，不知是谁，发现了一个可以挖乌金子的地方。所谓乌金子，就是那种很有粘性，很硬的乌黑的泥土。掘开厚厚的表层土，把乌金子挖出来，放到凳子或石板等"工作台"上，搓、压，使其成为厚半寸左右的泥坯，在上面画上手枪的侧面图形，用刀子切除多余的部分，一把手枪的毛坯便形成了，然后做细打磨，放在通风处晾干。别说，结实，还真有钢铁制成的模样。比之用纸折的手枪，真实感增强许多。"打仗"和"抓特务"的时候，这种武器的"杀伤力"很大。只要对着目标，嘴里"砰"的一声，对方立即倒下。

这种枪，缺陷也很明显。如果不小心掉到地上，就有可能摔断，而最主要的，是不能上火药。所以，不久就遭遇淘汰，代替它的是木制手枪。找一块32K书本大小的木板，按手枪的形状锯好，在枪的屁股后，分开拇指大小一个长方形小块，做枪栓，在枪栓和枪膛碰撞的两个部位，钉上一小块铁皮，以橡皮筋的弹性做动力，把"枪栓"拉到后面，在枪膛处放一个"炮子"，大拇指一顶，"砰"的一声，响过之后，还能闻到淡淡的火药味。

木制手枪有枪栓，能打响，但因为枪栓和枪膛撞击的力度不太大，枪声也不怎么响，且容易打哑枪。后来，我又学会了做钢丝枪。用一根自行车钢丝，弯曲成手枪形状，钢丝帽做枪膛，上下方向缠上比木手枪多出至少一倍的橡皮筋，把"炮子"的纸皮剥去，将"火药"装进枪膛，像扣动扳机一样把枪管下端的钢丝帽朝后轻轻一带，钢丝的另一头便以较大的冲击力落进枪膛，引发的爆炸声超过木制手枪许多。遗憾的是，这种枪因为容易烫着手，安全性不好，所以，没玩几天，就被老师缴了械。

不独这些，那时我和小伙伴们所有的玩具，从用鞭子抽打的陀螺到用铁丝做的铁环，从"防空帽"到纸飞机，从萝卜刻的小人到芦苇卷成的小号，都是自己动手做出，是自己的制造。这种"自造"，给我们这一代人贫瘠的童年，带来许多超越玩具、甚于玩具的快乐。

敢傲长安名利客

我在即将上小学三年级的时候，曾有过一次去意坚定的逃学。逃学的起因，竟然是为了放牛。水根原来和我一起上学，他爸被生产队安排用牛（做牛把式），需要一个孩子跟着打下手，在假期结束，就叫水根辍学放牛了。假期里，我跟着水根他们后面体验过几天生活，觉得放牛乐趣无穷，竟至舍不得离开了。爸爸带我到学校报名之后，每天上学，我背上书包出门，却不去学校，而是和水根他们一起到滩里放牛，然后，估摸着到了放学时间，又装模作样地回家。

老师见我连续几天没有上学，来我家家访。这一访，露馅儿了。老师走后，我在爸爸妈妈一通严厉的"批评教育"后，答应第二天去上学。可是，第二天，在上学的半道上，我听到了从远处传来的"号额侎侎"的牛号子声——水根他们看到了我，故意打牛号子勾我——挡不住诱惑，我又向他们走去。一连又是几天。那时教育不是义务，老师到我家来过，责任已尽，大概不会再来了，只是爷爷不知怎么听到别的上学的孩子说我还没去上学，第二天，就拿一根扫帚枝条，把我像赶猪一样赶到了学校。我的牛倌之梦只得暂时作罢。

转眼小学毕业，我们小学考初中。这是1966年的夏天，之后好长一段时间，升学都不需要考试。我有幸考上初中，却迟迟不开学，去新学校打听，却叫我们先回原来的学校，等通知报名入学。我去过原来的学校几次，但大多数时间都在家里窝着。这期间，堂叔牛叔叔（属牛，乳名牛小，晚辈都叫他牛叔叔）正好被生产队安排用牛，他本来是用牛放牛一肩挑的，我主动请缨，要求替他放牛。和爸爸妈妈说的时候，我堂而皇之的理由是挣工分，其实，这是为了圆我未曾熄灭的放牛梦。

终于如愿以偿。早晨，天刚刚亮，我便起身去生产队打谷场旁边的"牛汪"，把牛牵到河里，为其洗去一身污浊的汪泥。夏秋之时多蚊蝇，为了让牛不受它们的滋扰，每天晚上，都要把牛送到牛汪里。这牛汪，其实就是一个圆圆的大坑，直径有七八米，深四五尺，用砖铺底并围砌四周，灌入满满的水。牛汪的四周钉有木桩，牵牛的绳子就系在上面。牛的排泄都在汪里面，所以，新灌入的水，用不了几天，便黏黏稠稠的，又脏又臭。但牛们在里面，却逍遥自在，或站或坐，或醒或睡，如有蚊虫叮上牛们不得不露在外面的脸和头，则牛尾巴啪啦一甩，四溅的汪泥，便成为它们的灭顶之灾。

我们把牛从汪里牵到河边，到坡陡水深的某处岸坎，轻轻一跃，便跨到牛背上。驾着牛在深水里走上几十米，所有的污浊便荡然无存。不要担心脏了河水，这洗牛的河，远离村子，村里人家饮用的水，都在靠近村子的池塘。也不要担心湿了衣服，放牛的孩子大多赤身裸体，大一点的会穿衣服，但也就是一条短裤，况且，牛在水中游的时候，孩子们都是站着的，短裤一般不会被水浸湿。

洗好牛，便将它们带到白天要套轭做活的地方，沟坎田边，寻青草茂盛的去处，让它们吃饱肚子。大约半个时辰后，太阳升起来了，牛把式们来了。他们从孩子们手里接过牛绳，把牛牵到地里干活，孩子们便回家吃早饭。早饭之后,通常是找地方剀牛草,准备一些青草,留着牛们午间在树荫下或特地给它们搭的遮阳棚里休息时吃。

下午,牛继续干活。我们几个孩子有时去池塘里洗澡、玩水,顺带摸螺螺和蚬子,有时候被家长押着帮助做一些家务事。一到牛们要收工的时候,便及时赶到地头,从牛把式手里牵过刚刚下轭的牛,找地方让它们吃饱肚子,然后,将它们送进牛汪。

牛如不做活儿,便把它们放到荒滩里。这是我们最开心的时候。到了滩地,把牛绳盘绕到牛角上,然后对着牛屁股一拍,牛们便自由活动,啃啃青草,趟趟水,和自己的同类追逐嬉闹去了。牛娃们找一块平坦、干净的地方,走五码,抓埓子,或玩抢占山头(坟墓)的游戏。午饭有时候轮流回家吃,有时候,玩得直接把这档子事儿忘记。傍晚,鸟儿归巢时,牛儿会乖巧地从远处来到靠近我们玩的地方,抬起头,向我们发出哞哞的叫声。我们拍拍身上的尘土,收拾好牛垫子(用蒲草编成,放在牛背上或地上当坐垫),将其垫上牛背,骑上,送牛们"归巢"。经过村子的时候,我们在牛背上把胸脯挺得直直的,不时扬起手臂,夸张地朝牛屁股甩一个响鞭,牛儿走得更快、更欢了。看我们得意洋洋的样子,站在路边看着我们的其他小伙伴,眼里满满的都是羡慕。水根每每在这个时候,便放开嗓子,打起牛号子,"号额倈倈"起来。

牛在做活的时候,和牛把式之间有着很默契的沟通。它们能够按照使唤它的主人的意思,把犁出的墒沟整得线扯出来一样笔直;在晒场上拉磕子的时候,要大便,会把尾巴翘起,憋着等在后面赶着它们的主人把畚箕拿来,才拉出来。和孩子们一起,它们更是百般温顺,甚至是体贴入微。就说骑牛吧,超过孩子身高的牛背,要爬上去,并不容易。这时,牛会把一只前腿伸到前面,在腿的上端,现出一个类似脚蹬的坡面。骑牛的孩子,一手抓着牛绳,一手攀着牛背,一只脚蹬上去,然后另一只腿一扬,就妥妥地坐到了牛背上。也有的孩子不是这样,而是用手抖抖牛绳,牛就会侧过头把牛角压到最低,放牛的孩子一只脚踏上牛角,然后,牛头一抬,就把孩子送到了背上。

骑牛的时候,常常需要过坡。上坡,我们就俯下身子,用手攥住牛脊背上的毛。下坡,则用一只手紧紧地抓住牛尾巴。我后来因为接到了学校的开学通知,要上学了,二弟有机可乘,也闹着被安排放了几天牛。一次下坡的时候,翻了牛角梢——牛尾巴没抓紧,从牛头上翻下来——被牛角划破肚皮,肠子差点就滑溜出来。之后,他再也不敢提要放牛的事儿了。

十月朝,放牛宝宝当草抛。一进农历十月,冬闲开始,牛儿归槽。那时,生产队有专门的牛屋,靠着墙,钉几根木桩,再用几根长木连接起来,长木和墙之间一尺多阔的长长的空间,便是放牛的草料的槽。八、九头牛,分别系在门两边的槽上。牛屋外面,有一个或几个高高的稻草堆,一个冬天下来,稻草堆便被基本吃完。也有玉米、大豆秸秆堆着,由最冷的天给牛们吃了抗寒。牛吃干草,一天必须饮两次水,俗称把牛水,上下午各一次,直接把牛牵到河边。许多时候,那水都是带冰渣子的。农历三月,春耕开始,牛儿出槽,照例由生产队安排的牛把式各自将牛牵走。从春到夏,到秋,再到冬天归槽,牛们二十年左右的生命,便在这周而复始中度过。

冬天是牛的休闲时光,但也是牛最容易"倒"的时候。我不知前辈乡贤施耐庵的《水浒》里,哪来那么多牛肉供好汉们下酒,我的记忆、我从祖辈那里知道的,是牛自然死亡后,才会被剥皮,被吃肉。而且,许多人是不吃牛肉的。在集体化之前,许多人家的牛死了,都是挖坑深埋,少数人家还要焚香祭祀。有了生产队之后,牛对于农民,虽然还是那样重要,但对于大多数人,关系不是很直接了,所以,在牛"倒"了之后,吃牛肉的便渐渐多了起来。

我接到初中入学通知的时间大约是在这一年的十月中旬,这意外得来的一个多月时间，成全了我的一段人生之梦。黄庭坚诗云：骑牛远远村前过，短笛横吹隔陇闻，多少长安名利客，机关用尽不如君。难怪他老人家如此准确地写出了我做牧童时的纯真之乐，他写此诗时，也才七岁，正是和我那时一样的纯真年代。在这个年龄，别说长安名利客，就是皇亲国戚，皇上和娘娘，也不在眼里的。我估计，他自己没有亲自得到过放牛的机会，那时，他大概也就是如同站在我们骑牛经过的路边的，一个瞪大眼睛的孩子。

2018.2.3

梦达不到的远方

现在的孩子,有电动"火车"和"飞机",有五花八门的电子玩具,有主题各异的豪华游乐场,有这样那样的兴趣班,有作为小太阳的家庭位置坐标。这一切,是他们的爷爷——我们这一辈人童年连想都不敢想的,我们和这一切,缘悭一面。

我们的童年,贫寒中有丰富,闭塞里见自由。我们生不逢时,却拥有广袤的原野和纯净的天空。

只说乐趣。

推铁环上学。家长忙农活已经自顾不暇,没人会接送孩子上学。启动稚嫩的腿,每天往返两趟,不算在路上玩的时间,走路需要两个小时。铁环,是风车或其他家具上废弃的铁箍。也有用竹环的,那是油坊里榨油用过的油箍。它们的直径都在一市尺多点。用铁丝做一个能稳住铁环或竹环的开合的半圆托架,装在一根杆子上,推动托架,环就朝前滚动起来。环滚得快,以致推环的人需要大步跟上,再推,再走,走路的过程,因为有一种驾驶车辆的感觉,显得轻松而快捷。

跳房子。这种游戏一般由两个小朋友进行，地点大多选择在学校的操场或其他比较平坦开阔的地方。先用树枝在地上画出一个四五米长、一米五左右阔的长方形图形，然后，再横着画线，把这个长方形画为八到十个小的长方形格子。一人准备一块被打磨得光溜溜的圆形瓦片，由近及远，轮流把瓦片投掷到一个个的小长方形格子里。之后，用一只脚跳进里面，把瓦片踢出大长方形。当所有的格子跳完，便从最前面的第二格开始，在里面打上一个勾，算是跳完一轮后砌上的房子。跳的过程，有不少严格的规则，不可以踩线，不可以让悬着的脚着地，在向格子里投掷瓦片或向格子外踢瓦片时，不可以将瓦片投在或踢到线上。如果有了这些犯规，则一方暂停程序，另一方开始跳。跳的时候，要跳越另一方砌了房子那一格。踢瓦片时，也不可将瓦片踢进人家的房子。但经过自己的房子，可以双脚落地，稍作休息。所以，跳的成绩越好，砌的房子越多，进展越轻松，反之，成绩越差，难度越大。

钓虫子。那时所有的乡村道路，清一色都是泥路。在上学的路上，常常发现一些极细的洞眼。上学匆匆忙忙，放学时，我们常常从路边的沟浜上拔出一些小蒜，将小蒜叶尖朝下，塞进洞里，像钓鱼一样轻轻上下晃动，用不了几下，就能拉出一条或大或小的毛毛虫。碰到运气好的时候，能钓满满的一小瓶。路上要经过一座尺把宽的小木桥，我们在桥上把瓶子里的虫子倒到河里喂鱼。虫子落到水里，会挣扎着游动，马上有馋嘴的屠鱼游来，跃起，一口吞下。后来不知是谁的主意，叫把虫子带回家喂鸡。鸡见了活食，兴致尤高。有的鸡争食不到虫子，就对着其它的鸡头上啄。

打铜板。在空地上画一个半径两尺左右的圆，在圆心处掏出一个浅浅的小圆洞。在圆之外三米左右的地方画一条横线，游戏者站在横线外面，朝圆里扔铜板，根据铜板的落下的位置和圆心距离的远近，确定序次。第一名者，拿出铜板，扬起手，狠砸第二名的铜板，如果这铜板不被砸出圈外，就和第一名一起砸第三名，余为类推。被砸出圈外者的铜板，由砸出者拿起，放在自己的铜板上面，朝远处抛。这抛，很有技巧，自己的铜板就近落地，被砸出者的铜板，会被抛到十几米以外的地方。被砸者捡回，站在横线处重新扔到圈里，再砸，再抛，直到砸的人轮番之后没有被砸出，方可重新布局。我们玩的铜板，上面有字，但认不全，记得有"光绪通宝"等字样。砸铜板不仅需要眼力，还需要有足够的臂力。

捕蝉。用一根长长的芦柴，把末梢的那头折成一个不大的三角形，用线扎紧，到屋檐下找蜘蛛网，把它们粘满三角形的两面。循着知了的叫声，来到树下，从树的枝叶的空隙处，寻到知了，将芦柴上的小三角形靠近，知了发现动静，才张开翅膀，就被蛛网粘住。知了被从蛛网上取下，抓在手里，用手轻轻地触摸它的腹部，知了就不停地叫，终至不肯叫了，把它朝空中一抛，它便迅速飞走。有一次，粘到了一只知了，身上竟然系有一圈红线，原来，它已经被谁粘住过一次了，还被留下了记号。

掏鸟窝。那时人家的屋子，都是茅草屋，不高，在山墙和屋檐交界的地方，会有许多鸟窝。一经发现，搬来一张高凳，站上去，还够不着，就让一个人"打高肩"，即站到底下一个人的肩膀上。把手伸进鸟窝，常常扑空，因为白天鸟儿很少呆在窝里。有呆在窝里的，是在孵小鸟，受到惊吓的鸟儿，仓皇飞走，却因为舍不下窝里的蛋或肉雀儿，只是停在靠近的某个树枝上，对打家劫舍的我们，喳喳地叫个不停。如果窝里是鸟蛋，会被我们全部掏出，如果已经是肉雀儿了，我们会把它留着不动，待过几天再来光顾。如果遇上欲飞未飞的小鸟，我们会将其捉到自制的鸟笼里养着。这屋檐下的鸟儿，多为麻雀，也有山雀儿的。最好看的鸟，是把窝建在芦苇丛里的那种，羽毛是彩色的，声音清脆好听，只是我至今说不出它的名字。

洗澡。这和卫生无关，和游泳有点联系，但主要还是游戏。夏天的中午，一吃过饭，不用相约，小伙伴们就集中到了村子前面的那个叫池子的池塘里。狗爬式，仰泳，钻猛子（潜水），来洗澡的都能来几招。水性比较好的，做王，其他人齐心合力，捉拿他一个人。看见他在池塘的中央，游过去，包围，就要逮住了，他朝水里一沉，水花泛过，再无痕迹。在大家四处张望的时候，他却在池塘的某个角落，从水里探出头来。大家追过去，他蹲在水边近岸的地方神定气闲，眼看就要被抓住了，他跳起身，从人头上扎进水深的地方，又悠然在别一处出现。当然，也有不中用的王，没经几个回合，就被捉住的。

还有许多，比如，抓"坶子"，走五码，也都是很有趣的活动。所有这些游戏，有一个共同的特点，游戏的孩子们，都有和土地的最亲密接触，是在自然的怀抱里撒野。现在的孩子们不可能拥有这些了，我们拥有的，对他们，必定也是缘悭一面——现在的乡村，都已经被开发，那种原生态的空旷——留白没有了。我们可以模拟他们的故事，而我们的故事，在他们，已经成为连梦都达不到的远方。

2016.6.26

万般缱绻惟时光

一场感冒，让宝宝二十余天没能上学。康复之后，送他重返幼儿园，分手的时候，竟然牵着我的手，不肯松开：爷爷，我不要上学，我要跟你回家。我告诉他，爷爷，爸爸，还有老师阿姨小时候都上学的，不上学，就没有这么多的小朋友一起玩。宝宝似懂非懂，很勉强地和我含泪告别，我走出门外，身后传来他憋了许久的哭声。

几个月前刚上幼儿园的时候，宝宝都追着送他来的我们要跟着回家，老师阿姨软语相慰，强拉硬拽，才让我们得以脱身。但四五天之后，便能愉快地融入这个由老师及30个小朋友组成的集体，不要跟着回家，不盯着问什么时候来接他。上学的路上，一路蹦蹦跳跳，欢声笑语不断。星期天在家休息，会和我们开心地提起：我明天又要去我的幼儿园上学了。

儿童的依恋单纯至极。不情愿地去了，用不了几天，便由接纳而渐生依恋。仅仅几个礼拜不去，竟又回到了从前，刚刚萌生的对老师和小朋友的喜欢和接纳，因着不期而遇的疏离，又回归最初的对家的依恋。

依恋可以归因于某个特定的环境，某些个具体的人或事，比如校园里优美的风景，教室前面的宫殿式的滑滑梯，小区里的树木花草，一起嬉戏玩乐的小伙伴，老师温和而慈爱的眼神，奶奶无处不在的纵容，街上某一处小吃店扑鼻而来的熟悉而诱人的香味。但透过色彩斑斓的表象，说到底，其实所有的依恋，都是对某一段时光的不舍和追思，是赖在时光里不肯走过和企图重回某段时光的热情和幻想。

婴儿在哭声中出世，哭声是不肯离开母体中静好时光的诉求，虽然那段时光其实幽冥而混沌。婴儿成为孩子，并渐渐长大。上学了，却不肯离家，后来在家里时，又希望到学校上学。及至青春萌动，长大成人后对异性，对亲人或朋友的依恋，无一不依附于特定的时光。重温旧梦，重回故地，重铸辉煌，哪一项不是要回到时光的某一处节点，把人生的某种感受来一次重新的体验？

小时候家中养鸡，在厨房的后面，有一个不足一平方米的鸡窝。后来因为"规划"调整，把鸡窝拆迁到了另一个地方。麻烦来了，一只眷恋旧窝的芦花鸡，就是不肯到新窝里去。每天傍晚，到了上窝的时候，它都走到原来栖息的那块地方，趴着。奶奶每天晚上把它抱了塞到新窝里，都能听到它扑动翅膀的抗议。直至在原来鸡窝的废墟上建起了羊窝，它依然每天晚上跳进羊窝，宁愿寄羊篱下，也不肯住入新居。奶奶嫌抱来抱去的麻烦，竟至狠了心把这只很会下蛋的母鸡卖了。

依恋，其实无关对错。小到个人情感，大到天下兴亡，依恋的，未必就是最好的，不依恋，甚至不肯接纳的，未必就是不好的。依恋的时光不再来，但再来的时光可能成为新的依恋，而当新的依恋产生，原来的依恋，便成为能够从容面对的过往。母鸡比人执着，但母鸡哪里知道，即便在原来的地方，为它重新把窝搭起，那难道还是原来的窝吗？它依恋的是原来的时光，而时光既已流过，哪里还能找到回去的路？

三天两日，宝宝会重拾愉悦和快乐，幼儿园又将成为他的依恋。此外，天上悠悠飘过的白云，溪涧汩汩流淌的泉水，笼子里的狮子和老虎，园子里的蟋蟀和蝴蝶，都会成为他的依恋。这美丽而神圣的依恋，会让他记住人生之初这段最宝贵的时光。孩子是我们的过去，而我们，所有的依恋和缱绻，除了逝去的时光，还有什么！

2015.1.6

人生起步"学习"始

哥哥三岁多两个月,弟弟一岁多一个半月。之前,弟兄俩虽常有相聚,但哥哥大多数时候跟着爷爷奶奶住在老家,弟弟则和爸爸妈妈一起住在外地,由外婆帮着照应。

一个月前,哥哥因为即将入幼儿园上学,需提前适应环境,便从老家来到了爸爸妈妈身边。虽然睡觉的时候哥哥不要爸爸妈妈,还是跟着爷爷奶奶,但爷爷奶奶住的屋子和爸爸妈妈离得很近,所以,大多数时间,弟兄俩都在一起度过。

哥哥以为他玩过的玩具,都是他的。弟弟不拿了玩,就让它在那里躺着,但只要弟弟拿了玩,他马上从他手上取走。弟弟不知是无力还是无心抗争,嘴里叽咕一声走开,另拿出一个什么东西玩,哥哥说一句"我也要玩",马上又准备来弟弟手里拿。爷爷奶奶予以制止,告诉他,你的玩具,弟弟的玩具,都是爸爸妈妈买的,你们俩都是爸爸妈妈的儿子,所以你的玩具也就是弟弟的玩具,弟弟的玩具也就是你的玩具,大家都可以玩。而且,你是哥哥,就是你先拿了玩的东西,弟弟要了,都得让给他玩的。哥哥说，懂了。但这类玩具纠纷，还是时有发生。弟弟有时主动示好，把自己手里的玩具，送给哥哥。爷爷奶奶乘机对其进行引导：你看弟弟多好，主动把玩具给你玩，你以后也要向弟弟学习哟。

哥哥真的学习弟弟了。弟弟喜欢在地上爬，哥哥也趴下身子，和他比肩匍匐而行。弟弟喜欢钻桌底下玩，哥哥也随他钻到桌底。有一次，吃好饭爷爷奶奶回自己的屋子，哥哥跟出来，弟弟也一路跟着，趔趄前行。遇到一段台阶，弟弟趴下来，爬上，已经跨台阶如履平地的哥哥，也趴下来，然后学着爬上。

哥哥说话本来已经口齿非常清楚了，要什么东西，要做什么，都能够清楚地表达。但那天，他吃饭的时候，突然头一摇，嘴里发出一声海豚音。问他要什么，他用手指指一个盘子。爸爸问他：为什么不好好说？他说：我学的弟弟。还真是的，弟弟因为还不会说话，常常通过摇头，摆手，叫嚷或者啼哭来表达诉求。想不到，也有过这个过程的哥哥，竟然回过头来学弟弟了。

爷爷朝哥哥笑笑，到弟弟的房间拿出一个尿不湿，对哥哥说：来，我给你兜上这个。哥哥头直摇：我不要，我不要，我已经大了，我小时候用的，现在不要用这个了。爷爷问：既然大了，那你为什么还要学弟弟那样尖叫着要东西，不能好好说吗？哥哥嘿嘿地笑了。

弟弟也学哥哥。哥哥开自己的"宝马"，弟弟看得心里痒痒的。一逮到机会，他也爬到车里，用双手抓着方向盘，不会"挂档"，却知道踢腾着用力。哥哥吃饭喜欢多吃菜少吃饭，弟弟因为还没有开始吃咸，一直是只吃白饭不吃菜，现在也开始把手朝桌上的盘子里指了。前天爸爸从外面回来，哥哥迎上去，叫一声"爸爸"，弟弟也晃荡着走来，叫一声"爸——"。

人生起步"学习"始。孩子之间的这种相互学习，是模仿，是"人"对于"类"的认同的心理体现，它们因着儿童纯真天性的彰显，会清晰地呈现在我们的面前，给我们带来欣赏和把玩的快乐，也提醒我们对其进行及时的启发和引导。成人之间，虽然一点不缺这种类似儿童的心理现象，但因为潜移默化，常常不为所察，因为潜滋暗长，常常不为所重，因为有现实的需要，常常不便明说——那是另外的话了。

2015.8.15

画片青草喂小兔

"你入学的新书包,有人给你拿",唱的是妈妈,但幼儿园门口,送孩子上学,帮着拿新书包的,大多不是妈妈或者爸爸,而是孩子的爷爷奶奶或者外公外婆——不是爸爸妈妈们偷懒,是他们都比较忙,有一种不由自主的力量,裹挟着他们,让他们无法停下脚步,来做这些本该由他们完成的事情。

但我们家的"爸爸妈妈",只要一有空闲,就拿着书包送宝宝上学。当然,他们只是业余,爷爷奶奶才是专职。早上 8:15 之前,把宝宝送去,然后在下午 3:50 再将其接回。最初的几天,到了幼儿园,宝宝哭叫着不肯撒手,被老师阿姨微笑着强制抱去。后来,渐渐地,由哭而苦着脸,由苦着脸而表情淡然,直至愉快地和送他的我们挥手告别。但连着好几天,在"再见"之前,总忘不了弱弱地问一句:你们什么时候来接我?

于宝宝,这确是人生的一个重要转折。养在窝里的小鸟,被强行抛向外面的天空。于我们,这是一次轻松的卸载。原来是寸步不离的陪侍和照顾，现在被老师阿姨们分担了近三分之一。并且，原来有许多诸如吃饭、方便、穿鞋、脱衣等在家中不能自己独立完成的事情，经过老师的引导和教育，渐渐地成为孩子掌握和拥有的基本生活技能，使三分之一之外的时间，增添了休闲的成分。

当然，因为孩子是刚刚由各个不同的家庭而进入集体生活，一些问题也随之出现。第三天送宝宝去上学的时候，看到有孩子午休的小床空着，听说是小朋友生病了。担心传染，果然宝宝当晚就开始发热，第二天只好向老师告假，在家休息。连续三天高热，宝宝难受，大人跟着喂药劝茶，累也就罢了，还跟着感冒，把全家都弄成病号。融入集体的生活，宝宝的身体一定需要更强的免疫力，一开始的这种不适应，似乎不可避免。

宝宝很快就融入了他们那个小小的群体。那天放学，他带回一张粉红色的折了两折的纸。我问他：这是什么？他说：是同学给的。我叫他给我看看，他不肯。到了家里，他坐在桌子前面，把那张纸拿在手上，把玩了好一会儿，然后收进了放着他的玩具的箱子里。他跟奶奶到小区的儿童游乐场玩了，我想看看那张纸上是不是有着什么花草或小动物之类的图画，就从他的玩具箱里拿出那张纸，打开一看，上面除了两条折痕，什么也没有。一张及普通的32K的粉红色纸片，在他，一定是一片无比新奇的世界，不然，何以能够玩得那样忘情而投入？

画片青草喂小兔，这是宝宝的作业。一张纸上，一只可爱的小兔子，其余是一大片留白。然后，让孩子们在留白处画上和小兔相关的内容。在老师的启发指导下，孩子们用绿色的彩笔，画上了许多略带弯曲的线条。这是一片"草地"，小兔在这里嬉戏，饿了有遍地的美味。可以想象，当孩子们将作业变为"作品"，内心该有多少充盈的快乐。在教室外面的廊道里，我用手机拍下了贴在墙上的这幅宝宝的"作品"。

回家的路上，我问：你知道小兔子最爱吃什么吗？宝宝说：小兔子爱吃萝卜。我又问：那你为什么不画个萝卜给它吃呢？宝宝说：是老师叫画小草的。也是的，不仅是同一个班贴在一起的作品，另外的平行班贴在墙上的，在兔子的旁边，也都画着用绿色线条表示的小草。想必课程与作业，都有统一的教材与要求。只是如果在小兔的旁边，有的孩子画着青草，有的画着白菜或者萝卜，或者，画一个和小兔子一起玩的小猫小狗小蝴蝶什么的，一定别有情趣。

　　昨天，老师让宝宝带回一张"我上学啦"的调查表。宝宝"自理能力"一栏，在吃饭、穿鞋等五六个具体选项后面，我为宝宝代笔，打了表示会做的"勾"。但设计这张表的老师，在选项之外，还加了一句话：其他自己会做的事。奶奶问宝宝：其他你还会做什么？宝宝说：我会自己做饭。我和奶奶都笑了。宝宝加重语气：我是会做，但我现在做不起来，我的锅子和灶丢在大丰了。哈哈，他的锅子和灶，是在大丰时妈妈给寄去的玩具。

2015.9.23

假期里的孩子

暑假开始，便带着大宝墨墨回老家避暑。倒不是以为乡下会比城里清凉多少，只是因为大宝惦着他的小哥哥嘟嘟。嘟嘟今年九岁，秋季上三年级。大宝五岁，即将上幼儿园大班。他们隔着四岁的年龄，却是很玩得来的好朋友，见了面会为某个玩具争吵，离开了便互相想念。那边有电话催问：弟弟什么时候回来，这边紧盯着我们，啥时回去到嘟嘟哥哥家玩？所以，一放假，我们就带着大宝回到了老家。先是直接住在嘟嘟哥哥家，后来回到自己家里，白天到嘟嘟哥哥家玩。

但是嘟嘟哥哥却身不由己。无论是住在他家还是赶来他家，他都难得在家呆着。干什么？说起来怪吓人的。早晨五点，他爸爸或妈妈就送他去学乒乓球，然后带回家吃早饭，早饭之后，八点到十一点，送去参加一个作文班，下午，一点半到三点半，又被送出去学英语，回家休息会儿，四点半又被送出去学武术。不知是因为自己感到累，还是念着和大宝一起玩，这天，嘟嘟终于爆发了，用行动向爸爸妈妈表示强烈抗议，哪里也不出去，什么学习也不参加。结果，胳膊拗不过大腿，在屁股被打了几下后,嘟嘟还是噘着嘴,眼泪汪汪地出去学习了。

之后我曾和嘟嘟的爸爸妈妈做过交流。我说,暑假是孩子们的福利,主要是用于休闲放松的,给孩子太大的压力,搞得比平时上学还紧张,不合情理,也无必要;我们小时候的暑假,就是一本暑假作业,到开学前几天匆匆做完,平时要做家务,要玩,连书本几乎都没空摸的。但嘟嘟爸爸的一番话,却说得我无话可说,交流只好作罢。他说:表爷爷你不知道现在是什么时代了,你看看外面的形势,有几家孩子不在追着报班学习?大家都在朝前走,人家走,你不走,你就要比人家落后,大势所迫,别无办法啊。

的确,不独嘟嘟的爸爸,在许多家长看来,确实是除了跟风、凑热闹,别无办法。他们的逻辑清晰而明了:初中和小学教育,属于九年制义务教育的范畴,基本上按施教区招生,想把孩子送到哪里上学,拼的是户口和学区房。但高中是有重点和普通的优劣之分的,没有好的基础,就考不上好的高中,而上不到好的高中,就上不了好的大学,上不到好的大学,就没有好的前途。所以,既然有人办班,有人报名了,自己的孩子自然非报不可——人家报了,你不报,你就有了一块短板,而短板是不可以有的,因为这和他们为孩子设计的人生目标格格不入。对于报班的实际意义,性价比,得与失,他们懒得考虑;对于不少名校大学毕业生找不到工作、找到工作却不尽如意,而一些普通高校甚至中学、中专毕业的,却活得风生水起的现实,他们也无暇顾及。他们一门心思,就是砸锅卖铁,也要把商业广告的许诺,变成孩子身上耀眼的光环。

堪可怜,这些一厢情愿的年轻的父母们。他们作为独生子女的特殊的生长环境,使他们一方面极具"自我",有点自以为是,有点好高骛远,有点逞强好胜。但另一方面,他们面对狂轰滥炸的各种信息,他们逮啥吃啥,迷惘而不自知,轻信独缺质疑,这正是自我的缺失。于是,在如何对子女进行教育的问题上,他们视传统为落后,以新潮为先锋,听不见异见和不同声音，大刀阔斧地为误入歧途的儿童教育推波助澜，也就不足为奇了。

我带着大宝，在嘟嘟哥哥之外，又去过别处为他寻找玩伴，居然都是乘兴而去，扫兴而归——孩子们居然都在忙着，都去补课或者参加什么班了。无奈，我只好冒着酷热，带他去海堤上看林带，去海边湿地看麋鹿，当然，也陪他在家里看看电视，到外面蹭蹭饭。

这天从外面玩了回家，我来了兴致，以《陪玩》为题，吟小诗一首：不拜先生不报班，任由戏耍任由玩；怕输起跑喧嚣急，满眼匆匆独自闲。小诗在微信上发出，在北京做高级记者、总编的爷爷"向着天空的树"在诗后留评：你拿宝宝做小白兔呢——教他学诗吧。我回：会的，学了玩。在我看来，玩，应该是孩子们暑假、乃至童年生活最重要的课题。

突然，手机响了——是儿子打来的："爸爸，你就这两天把宝宝带回来呀，我给他报了个兴趣班，从下周一开始上课。"无语——我不知和他说什么。

2017.7.26

我要"看看"

对世界感知伊始,好奇心便相伴而生。

我在灶前做饭,宝宝抱着我的双腿,要抱。奶奶在厨房间外面叫他:过来,奶奶抱你!却是不要。只得一手将他抱起,一只手伺弄锅里。宝宝乐得直叫:龙虾,龙虾!又把手指向另一只盖着的锅,要"看看"。我揭开来,里面空的。他有点失望,清晰地嘟囔出两个字:没有。我想把他从手上丢下,却丢不开,嘴里嚷着"要看龙虾"。只得让奶奶过来,抱着他看我的烹调表演。

正在吃饭,窗外传来"请注意,倒车"的声音。他停下吃饭,双手架过来:看看倒车。爷爷从外面回来,拎回一堆东西。奶奶说,瞧爷爷买回这么多好吃的。宝宝走近爷爷提着的口袋:看看好吃的。晚上睡觉,蚊帐外面叮着一只蚊子,爷爷拿来电蚊拍灭掉。他指着电蚊拍,要"看看",爷爷说,这个不能给宝宝,上面有电。他便接着要"看看电"。

外面下雨了,他要"看看雨"。把他抱到窗前,他要打开窗子。告诉他,外面风大,开了窗子雨会打进来,他又要"看看风"。我指着外面摇动的树梢，告诉他那便是风，他一骨碌从我的手里下来，到客厅摇那棵长在盆子里的发财树。

　　心灵是一张白纸，眼里的一切都是新奇的，这便是儿童。要"看看"是出于对世界的好奇，"看看"是一种能够带来心灵愉悦的认知。小时候，当父母或爷爷奶奶，或家里有谁准备动身出门，我们会守在一旁，等着跟路。这里一定有功利的因素，比如，到街上会吃到一块糖果，到亲戚家能吃上一顿好饭，但更多的一定是为了"看看"，看看街上新奇的风景，看看亲戚家那可能与自己家完全不同的房子，房子前面的路道与河流，和自己一样喜欢在小河边玩耍的小朋友。不仅仅是这些，我们会为一块从路边偶尔捡来的石子，和小伙伴争得面红耳赤，然后把这块石子捏在手里观赏、把玩，这块石子带给我们的乐趣，远甚收藏家获得一件价值连城的古玩。

　　心理学家说，人的好奇心与年龄成反比，即随着年龄的增长，人的好奇心会逐渐较少。果真，随着年事渐长，人们对世界的热情日益衰退。终于有一天，许多人开始对一切都感到无所谓，"太阳底下没有新鲜事"被奉为经典；用过往和所谓的经验编织成一所房子，然后把自己关在里面。这个过程，是人类加速衰老的过程，而衰老其实首先不是肉体的萎缩，而是灵魂的麻木。于是，除了感官之乐，人们不在意别的更值得引起关注的感受；除了现实的需要，人们不去思索那些看起来与他们没有关系的东西；除了看得见、摸得着的切身利益，其他一切皆可忽略。当然，也不乏像二十世纪初在街上把脖子伸得像鸭子一样看杀人的主儿，但他们看的是伟人轶事，明星吵架，网上相亲，但这些似乎都无关兴趣，纯属无聊时解解闷儿。

　　宝宝走过来了，固定的程序，先要抱，后要看。"看看月亮"！他是看到了一张画着月亮的看图识物的图片，想看看这图画上的东东在天上的情景了。我丢下胡思乱想，把他抱到阳台上。赶巧，城市的夜空正挂着一轮朦胧的圆月，没有图画上的鲜亮，却是让宝宝大开眼界的百分百的实景。

我想起了以前看过的一个关于月亮的桥段：一个牧师和一个少女一起看月亮，少女说，月亮里的两个人在说悄悄话，牧师说，不，他们在祈祷。我不知道，今晚，宝宝从月亮里会看到什么。

2014.7.8

第二辑　人间百味

给机砖厂立个小传

　　机砖厂离市区15公里。1950年代建厂之初，这里地广人稀，土地资源丰富，县里领导用手轻轻一指，便选定了这片几个乡镇交界的地方。挖土烧砖，由近而远，十多年的时间，厂区便被挖成四面环水的岛屿，成为少有的没有围墙的工厂。一座造型考究的很阔的桥，成为岛屿的咽喉，桥里面的一端，建一个很有气势的大门，配以传达室，门岗，内部电话交换机机房，这在二十世纪七十年代，绝对是一道靓丽的风景。

　　那时农村和城里都经常停电。城里好一点，农村里一停就是几个小时十几个小时。什么时候停，没准。一家人吃着晚饭，突然就黑了，或者电视正看得入神，电没了。但机砖厂不怕停电。因为实行三八制，昼夜上班，电网的电一停，发电的柴油机便轰轰地响起来，一两分钟的时间，所有的电灯都恢复照明，上班的继续上班，不上班的该干啥干啥。尽管周遭一片黑暗，但机砖厂这块孤岛，却灯火灿烂，一片光明。

　　厂里每个星期放一次电影。先是露天电影，在篮球场放。后来有了礼堂，就在室内放了。每次放电影，都有不少邻近村子的年轻人赶来看。

小伙子们常常直接脱了衣服游水过来，女孩子们则撑船过来。有了礼堂后，来看电影的人少了，因为礼堂需凭票入场，对号入座，厂子外面的人，就难得入内了。偶有来看的，不是有厂里的朋友带进礼堂，就是爬在礼堂外面的窗户上朝里看。

那时砖瓦很便宜，砖头两三分钱一块，瓦一毛钱左右一片，但一律得凭计划供应。厂里的领导因为手里掌控着砖瓦，找的人多，自然风光无限。就是厂里的一般职工，因为有方方面面的关系通向领导，近水楼台，常常也能帮自己的亲戚朋友买到一些。所以，那时即便在砖瓦厂做一个普通工人，也让孤岛之外那些在地里刨土坷垃的人们歆羡不已。

机砖厂是地方国营，所有的正式工都是"全民人员"。那时只要是"全民"的性质，不分企业和机关，人员可以互相流动。有不少文化相对较高，工作受到领导赏识的职工，或者被调到砖瓦厂所属的工业主管部门，或者直接被调到县里的其他党政机关。这些被调出去的人，后来有好几位成了主政一方的领导。说起这些人的时候，厂里的一些老同志不无自豪，他们把这些人看成是机砖厂的荣耀。

在二十世纪八十年代之前，厂里普通工人的工资，一个月也就三四十元。成人每月供应三十斤、儿童每月十来斤粮票。另外还有一块肥皂，几两香油。虽说也是捉襟见肘，但因为有农民作为参照系，他们就显得非常小康了。工人们每天工作八小时，每周休息一天，这在早上眼睛一睁开就下地，晚上做到天黑才回家，不知假期为何物的农民看来，更是几辈子都修不来的福气。

厂里的单身职工住集体宿舍，两三个人一间，自己不开伙，但职工食堂服务很好，主食有饭有粥，菜肴未必物美，价格一定低廉。如果结了婚，并且夫妻双方都在厂里，是双职工，就能安排到两间一厨的宿舍。因为厂里自己有砖瓦，砌房子的主要材料不成问题，所以，那时机砖厂职工的住房条件，比起市区的不少企业和机关，不是不差，是好得多。

但二十世纪九十年代之后，情况渐渐发生了变化。企业改制，工人下岗，少数年龄不大，有技术专长的人，下岗后重新被聘用就业。但国企成了私企，厂的名称变成了股份有限公司。虽然砖头的价格涨了十几倍，由于土越挖越少，土地控制越来越紧，即便是取河里的淤泥，也越来越难。加之近几年开始，绝大多数的建筑，只有地下工程继续用砖，地面之上的墙体，都用上了粉煤灰、水泥为原料做成的砌块，用上了琉璃瓦，甚至直接用水泥浇筑屋面。企业的衰竭便不可避免。

后来，砖瓦厂新上了一个小化工项目，以化工补砖瓦，继续支撑了几年，又因为环保问题无法解决，彻底停产。红火了近三十年的机砖厂，终于走到了它的历史尽头。

前几天几个朋友一起吃饭，其中一人是机砖厂当年的车间主任，话题便由他扯到了机砖厂。车间主任说，现在的机砖厂破败萧条，当年作为标志性建筑的办公大楼，人走楼空，成为老鼠的乐园。当年让多少人看得眼馋的双职工宿舍区，房屋年久失修，瓦破墙颓。所有的水泥路面都坑坑洼洼，泥土上泛，到处都是杂草，让人不忍卒看。车间主任说，厂里的留守人员及住户都在那里等着，等着复垦，等着用土地置换的补贴资金，解决诸多的遗留问题。

停了停，车间主任说，二十世纪七十年代是最好的年代。这时，召集我们吃饭的杨老板说话了：好什么呀！有一次放电影，我们几个游水过来，你们在礼堂门口站岗的人，愣是不让我们进去看，小狗子硬朝里面走，和站岗的撕扯起来，一挥拳，竟把站岗的鼻梁打断了，小狗子因此被关了三年。杨老板自个儿喝一杯酒，发感慨：要我说呀，现在才是最好的年代。杨老板当年的家就在机砖厂河东的村子里——现在早已住到市区了，他卖试卷起家，前几年自己办了个厂，每年向国家缴纳的税款，有一百来万。

车间主任摇头。杨老板为了拉赞助，转过头问坐在他一边的我：是不？我笑笑：什么最好最坏的，来，喝酒！

　　前几天有事经过，看到机砖厂所在的地方，已是一片空旷。砖窑、瓦厂、职工宿舍和办公大楼，所有的建筑已被拆除——这是复垦的第一步，大概再经过不久，这块土地上，又会长出茂盛的绿植。

2018.6.28

从田埂上走出去的孩子

　　和叔叔婶婶一起在老家的弟弟家吃饭。婶婶听说我苦于肩周炎发作，多处求医而不愈，小声对我说：你吃好饭送我们回家，我带你去找个人看看。我想问清情况，婶婶说，你去了就知道了。病急乱投医，吃好饭歇了会儿，我和家属、叔叔婶婶，四人一行，驱车朝婶婶家出发。

　　在离婶婶家还有四五里路时，她叫我把车子拐向右边的一条水泥路，继续走了三五分钟，便来到了一排农庄前面。停车，向在门前场地上晒刚脱粒下的玉米的大婶问路，然后我们找到了那个要找的人家，却见大门关着，门口的场地上也晒着玉米。这家的一位邻居奶奶，在自家门前场地上拾掇晒在地上的黄豆，见了我们，便热情地走来，问明了我们的来由，便帮我们对着窗户喊里面的主人。而后，叔叔一个人坐在车里，我们几个跟着她，从后院的侧门，绕了进去。

　　女主人是在东房间的床上睡觉的，我们进来时，她已经坐在床上了。婶婶向她介绍我的病情，她问一些情况，哪里疼，时间多久了，名字叫什么，家住在哪里，然后用手指在席子上按琴键般地点来点去。我憋住没笑出来，婶婶连忙朝我摇手，示意我走开。

我回到客厅。西房间的门敞开着，靠西墙一个简易的书橱吸引了我。走近，发现里面竟然放着一些很有影响的外国文学名著，如福楼拜的《包法利夫人》、艾略特的《荒原》，还有一些中学生阅读的中国古代文学作品选读。特别引我注目的，是一块小黑板上，按阿拉伯数字顺序，满满地写着我看不懂的英文。我以为，这至少是一个高中学生的收藏。

书橱下面的门虚掩着，我轻轻一拉，宛然发现了一片新大陆：一个封面为绿色塑皮烫金的"中国科学技术大学毕业证书"，和一本与之配套的"中国科技大学学士学位证书"赫然在目。打开来，没有内囊，却在里面夹着一张毕业照，照片上方的烫金字告诉我，这家的孩子读的是科大的材料工程系，毕业时间是2004年。材料工程，这可是中科大的一个颇负盛名的品牌专业。

我关好书橱回到客厅，邻居奶奶正好走来。我说，这家的孩子挺不错呢。邻居奶奶说，她家丫头上学成绩一直好，上重点高中没要交费，大学考在安微，听说学校很有名。大学毕业考到美国留学的研究生，考上了，要交好几千块钱才能去上学。由于家里没钱，没去，第二年重新考，考上了，一分钱没有要，去美国上学了。邻居奶奶压低声音对我说：只是这孩子已经三十六七岁了，还没成家。

婶婶她们的"问诊"也已结束，开始和女主人聊一些今年收成之类的闲话。我走过去，表扬她的女儿优秀，想和她聊一些关于她女儿的情况。没想到我一说到她女儿，她竟然头直摇：优秀什么，人家像她这么大的，孩子都上中学了，她还一个人。我安慰她，说在美国这么大岁数没结婚的很多。她告诉我，她女儿前年就从美国回来了，现在在成都。我问她女儿在成都做什么工作，她的回答让我大吃一惊——在成度做翻译。我以为至少是和专业相关的翻译，她却告诉我，是给办瑜伽培训的老师做翻译。这时，我恍然想起，她的书橱里，还放着不少关于瑜伽的书和杂志。

给了三十元钱，我们上车，离开。婶婶对我说：是你妈妈拍了你的膀子，你明天晚上在房子的东北方，烧一捆纸和一些"阴币"，祷告几句，叫妈妈保佑平安，就会好的。我笑。家属说：心诚则灵，你别不当一回事；我来落实，你配合就好了。

这一排楼房与平房交错的农庄，连同前面一片绿里泛黄的稻田，当年被称为洼里，是一片草田。草田变为农庄和庄稼地，也就是三、四十年的事情。在家"坐诊"的母亲，却散养出一个远走高飞、漂洋过海，出去喝洋墨水的女儿，这堪可欣慰。但是，让我感到不解的是，这个靠自己的努力走出去的孩子，装着一肚子材料工程，怎么会结缘瑜伽？

我不由想起几年前听说的本地另一个孩子的故事。也是地地道道的农家孩子，祖辈以上没有一个识字的，但就是这个孩子，却在高考中一炮打响，考入本省一所在全国出名的学府的天文系。然而，靠亲戚七帮八扶读完大学，毕业后却一直找不到工作，北漂南下数年，居然回家给在田间劳作的父亲做帮衬，成为乡村田野上一名从事犁地、收割、运输的农机手。虽说行业无贵贱，但业有专精，用非所长，学无所用，这确是一个让人感到沉重的、值得社会关注和重视的现实问题。

2017.10.25

胡子还是要刮的

　　头发虽已花白，但少则二十天，多则一个月，总要到理发店打理一次。而在苏州，这着实是一件让我头疼的事儿。发廊、发屋，发型或形象设计工作室之类，太多，但居然没有哪家能将头发和胡子一并打理。所以，客居苏州快两年了，我大多在回老家时顺便理发。年岁不小，胡子倒不是太复杂，但每有理发，我都喜欢刮脸或曰修面，喜欢刀片和脸部亲密接触的那份舒坦。

　　那天，舍近求远，在香溪东路，终于寻到了一家发廊。师傅二十多岁，是盐城阜宁人，因为扯上了老乡关系，他对我法外加恩，根据我的要求，理发时破例给我加进了刮胡子的程序。但说实话，刮是刮了，聊胜于无而已。端坐在时髦的真皮椅子上，用温吞水抹抹，操刀便剐，感觉胡须不是被剃掉，而是被拉掉。刮过之后，好长时间感到到脸上刺辣辣的。

　　又要理发了。我拿定主意，走过附近的理发店，走过给过我"特供"的阜宁老乡，过翠坊南路，上香溪西路。我怀着侥幸心理，一家家理发店询问。结果是理发家家欢迎，修面一概免谈。我问为什么，有的说不会，有的说他们从来没给人刮过脸。有一个态度极好的小伙子指指对面的一家商店，说："喏，那里有剃须刀卖，我给你理好了，你买个刀回去，想怎样刮都行的"。

继续寻找。从香溪西路拐弯向南，踏着小河边的石板路朝山塘街走去。在快要到达山塘街时，我的眼前一亮："光明理发店"，白墙红字，没有旋转的立柱，更没有霓虹闪烁。朝里看，门面不大，一张老式理发座椅，靠门临窗，三四个爷爷在打扑克牌。旁边站着观战的一个穿着白色工作服的爷爷，便是理发师傅了。见我走来，迎上来：理发格？我点点头，补充一句：我还要刮胡子的。刮的刮的——穿白工作服的理发师傅热情地答应着。

我一说话，理发师傅就听出了味道，问我是不是苏北的。我告诉他我是盐城人时，他乐了，告诉我他是盐城秦南的。又遇老乡，距离倏地拉近。闲聊中，我知道了理发师傅姓周，今年七十岁了，两三岁时，就随父母来到了苏南，后来辗转在木渎定居。十几岁就开始理发，先做学徒，后来进了国营理发店，先下岗、后退休，现在每个月拿三千余元的退休金。两个儿子都劝他不要再开理发店了，但他感觉闲着无聊，就租了个门面，在此边做生活边玩。他指指在哪里掼蛋掼得津津有味的几个老哥们，说：我这里就是他们的俱乐部，人多时打牌，人少就下棋。

我在一张高高爽爽的转椅上坐下，周师傅给我系上护围。先是用推剪推，继而用梳齿剪打去冗发，再用剃刀收边，接下来让我坐到洗发池子前洗头。这些我熟悉的程序完成后，我又坐到椅子上。周师傅用干毛巾给我摁干头发上的水，把椅子旁边的一个卡子轻轻一拉，椅子背由竖着变为向上，我舒舒服服地躺下，头搁在插在椅背上的一个枕头上。周师傅用胡刷子沾着肥皂沫，在我的脸上靠近下巴处细细涂过，用一块热毛巾，严严实实地捂在涂着肥皂沫的地方。稍许，他把剃刀在一条狭长的磨刀布上晃荡几下，拿掉捂在我脸上的毛巾，娴熟地除杂去冗。之后，用手摸摸做检查，确定滑溜之后，再用热毛巾将脸仔细抹过。"绿蚁新醅酒，红泥小火炉"。我的头脑里竟然冒出白居易的这两句诗。温馨而舒坦。

理发结束。墙上有明码标价，十五元。我拿出一张二十元的钱给周师傅，叫他不用找了。他摇摇手，连说不行，把五元钱硬塞给我。把我送到门外。他说，感觉好以后再来，如果我不在，朝前面走几步，山塘街上那家，也是个老师傅，挺好。

回家的路上，我想到了一个让人感到有点凄然的问题。再过若干年，周师傅这一辈人会渐次老去。那时，还会有能刮胡子的人吗？或许，喜欢刮胡子如我者，也将日渐稀少，但胡子终归还是有人要刮的。现代人可以有自己的时尚和新潮，但一个时代所具有过的从容和淡定，那种具有人性之美的小情调，却不该随着时光的流逝而成为断崖。

2017.4.18

旧时邻里三嫂子

虽然已是奔七之年，但村里人都叫她三嫂子，无关血缘和宗族。

三嫂子没上过几天学，老师教给的几个字，除了能认几个自己关心的名字，差不多都还给了老师。

但三嫂子上学时算术一定不差，简单的加减乘除，在心里划拉划拉，便能得到准确的计算结果。刚来小城，三嫂子在河边的米市卖米。有人来买米了，四毛五一斤的大米，买了一百二十斤，她眨眨眼，叫买的人给五十四块钱。那人不放心她的计算，拿出计算器，拨弄一会，说，错了，只有四十五元零九毛。三嫂子笑笑：得了，把那破计算机砸了吧。买米的人又计算了一遍，红着脸说：你没错，我把120写成102了。在一旁卖米的王老五问：你怎么心算这么好呢？三嫂子说，这有什么好，四十五块加九块，不是五十四是多少？

有一次，东街的李老汉来买米，米价挂牌每斤四毛三。李老汉买了三十五斤。三嫂子说，您给十四块钱。李老汉付完钱，走了。王老五说：这回怎么计算不准啊，四毛三，你再算一下看看。三嫂子说：人家老伴生病，四处求医，最后人财两空；街坊邻居的，我按照进价给他的，没错。

早先三嫂子还没到小城卖米。一日，从地里回来，遇见邻居鸭蛋家两口子正在打孩子豆豆。一问，知道是因为豆豆期中考试没考好，以前每次都能考八九十分，这次数学居然只考了七十分。三嫂子一把抢过鸭蛋手里的树枝条，说，考七十多分，也不算少了呀。再说，哪个孩子情愿自己考不好呢？豆豆遇上救星，擦擦眼泪，溜到门外面的路上玩了，三嫂子朝鸭蛋老婆笑笑，对鸭蛋说：云儿怪豆豆几句还罢了——你还打孩子？你这个鸭蛋的诨名，村里谁不知道是你小时候考试考出来的——豆豆比你强多啦！鸭蛋不好意思地笑笑，扔下老婆和三嫂子，逃到楼上去了。

三嫂子赚了点钱后，租了一间门店，继续卖米。进货送货，所有的张罗，都由她安排。三哥哥呢，就是一个听用的，三嫂子叫东不西，叫打狗不赶鸡。生意虽然不好做，但他们赶在房价大幅上涨前，买了一个不足一百平米的房子。两个女儿上学成绩不算太好，但好歹都读完了高中，先后考上了同一座城市的两所职业大学。毕业后，都在那个城市找到了一份收入还算稳定的工作。

多年不见，那次在街上竟和三嫂子偶然相遇。问到现在的境况，三嫂子告诉我，他和三哥哥现在已经挺轻松了，两个女儿都在外地，她和三哥哥帮她们在城里买了房子，虽然不大，位置偏点，但总算能安身了。见我有羡慕的神情，三嫂子说，她运气好，当初从村里进城，没地方住，七借八凑，苦了个房子。之后，两个孩子上学，哪里有钱节余？后来孩子在城里有了工作，没地方住，他们咬咬牙，卖了在小城的房子，加上修高速公路，征了他们几亩地，补给他们一些钱，凑起来，姐妹俩各人一份，交首付，然后按揭，每月各自用工资还贷。说完，她忽然问我：你们吃公家饭、拿公家钱的，多少也有点结余吧？停了停，接着说：别做傻事啊，钱放在银行，时间越长越亏，辛辛苦苦的积攒，哪里赶得上物价一个劲儿朝上冒？

　　我朝三嫂子笑笑，问，那你们房子卖了，住哪里呢？三嫂子说：打回老家了呗。她告诉我，她们回去将原来的几间房子翻修了一下，住着还算舒坦。征用后还剩下一点地，现在他们两口子还能做，长些自己吃。她说，她们没有退休工资，也没事，自己长了自己吃；就怕生病——不过也不怕，大病治不好，小病不用治；至于孩子，把他们扶到这一步，也算说得过去，以后由他们自己负责了。叹一口气，三嫂子接着说：估计最后丫头们也不会把我和你三哥哥扔掉，总要把我们送进大烟囱的。我宽慰她：你和三哥哥身体都挺结实，早着呢。

　　这之后，我再也没有遇到过三嫂子。前几天在老家，听也已由乡下住到小城的鸭蛋说，三嫂子已经死了——她从县城回到村子没多久，浑身疼痛，以为在地里做了累的，去县城医院一检查，是白血病。两个女儿回来把她带到外地的大医院看，确诊后医生叫住院，得先交三十万。三嫂子说，等回家凑了钱再来住院吧。哪知道，她回家后的第二天，便在屋后的一棵楝树上，吊着了。

2017.8.7

君犹青葱我已老

萝卜有两种，麻辣的那种，叫麻萝卜。不知何故，如果只叫萝卜，便是胡萝卜了——这是本文将要写的。萝卜姓胡，可知同胡椒、胡豆、胡瓜等植物一样，同为本家，都由胡人胡地而来。当然，胡人胡地，其实也就是一个中转站，胡萝卜在内的不少物种，都是在明宋时期，从阿拉伯、伊朗，经由丝绸之路，辗转而至。

萝卜分为根和茎叶两部分。茎叶宛如缨须，所以又叫萝卜缨子，紧挨地面向上生长。根则随着缨子渐渐茂盛、由嫩绿到青乌，在泥土里不断长大、长壮。所谓的吃萝卜，吃的便是萝卜的根。成熟的萝卜的根，一般六七寸长，比大拇指略粗，顶端还有一条两三寸长的尾巴——那么柔弱，不知为何能扎进深深的土层。

每年仲秋时分，是萝卜的播种季节。雨水调顺，种下去六七天，便会从土里泛出丝丝绿意，然后用不了几天，便铺出一层柔黄的新绿。在霜降之前的大约一个月时间，是萝卜生命力最蓬勃的一段时期。此时，缨子挤挤挨挨，一片葱绿。霜降之后，缨子停止生长，颜色渐渐转深，叶尖渐至枯萎。但这却是长根的最关键时期。冻冻响，萝卜长，长的便是根块了。过了立冬,开始从地下挖萝卜。用大锹撬开土块,抓住缨子,一摇一提溜,萝卜就出来了。即便是很冷的天,因为有萝卜缨子护着,土块也不会冻得坚硬。

萝卜挖出来,用筐子运到家里,晚上,便有了要做的事情,叫择萝卜。其实就是用剪刀,让缨子和根块分离。最初,缨子是猪的饲料,根块是人的专享。虽归入瓜菜带,但常常被当成主粮。有一次,母亲装一篮子缨子,洗净,用开水烫过后,凉拌,做下饭的菜。有一种苦涩之味,在嘴里任怎样咀嚼,都难以下咽。那年萝卜丰收,父亲曾经把萝卜挑到三十里河边,卖给用船来收购的兴化人,每斤两分钱。有些兴化来的人,不是用钱收购,而是用装来的家具什物,如橱柜、睡柜、床、大缸等换萝卜。我家有一只衣柜,就是爸爸用一担萝卜换的——是一张碗橱,中间两个抽屉,上下有对开的门,上面透气,底下封闭的那种。爸爸将其稍加整理,改为衣柜了。当时年少懵懂,后来想到,若非窘迫至极,怎会将那些日常用物运来换萝卜以填充肚子?

到了二十世纪七十年代,大多数人家,萝卜继续种,但已由人猪共享,变为以喂猪为主。挖出来的萝卜,择一些留着人吃,其余的连缨子一起,洗净切碎,放在锅里煮熟,加入麸皮米糠,壮猪。猪小时候的生活没这么好,只吃猪菜和麸皮、泔水。集体饲养的猪,吃得要好些,因为集体每年都安排一定数量的饲料粮,集体有豆腐店,豆腐卖掉,豆腐渣喂猪,更主要的,集体专门安排一两块靠近猪场的地,专长用于喂猪的萝卜。许多人家都把萝卜,作为人的辅食。除了吃鲜萝卜,还将萝卜切成条,晒干,冬春时节,煮饭或煮粥的时,放进一些。因为小时候吃过太多,所以,尽管做出的饭粥里有股甜丝丝的味道,但我并不喜欢。

我在前几年发现血糖偏高之后,有意控制米饭和干面等碳水化合物的摄入。既有控制,总得别有替代。于是把眼光投向小时候吃厌的瓜菜带,南瓜、萝卜,轮番和着做饭。当年吃萝卜,用两个水桶,各装一半,带一个从灶膛里扒灰的"出灰耢",在水桶里加入能淹没萝卜的水,然后用"出灰耙"上下鼓捣十几个回合，换水，再鼓捣，五六分钟，萝卜便洗得干干净净。有时候，萝卜少，就直接用篮子提到河边洗。所谓少，至少也有大半篮子的。现在网上或上街买萝卜，一回买两三根，中午做饭时切一根，放入电饭锅。这萝卜可比以前金贵多了，五六块钱一斤，是当时的两百多倍。不知是因为吃得少还是因为价钱贵的心理暗示，竟然觉得萝卜比饭好吃了。

挖萝卜有讲究。不是从某一面开始，把萝卜挨着全部挖光，而是拉一根绳子，间隔着挖，挖出一条二尺左右的行子，栽上在别处育出的麦苗。第二年春天，在麦行子之间萝卜挖掉的空地，种玉米。开始，玉米长在麦子中间，待麦子收割之后，就是一片玉米地了。农村里，每个人口只有一分多的自留地，农民们通过精打细算，精耕细作，尽力提高有限土地上的出产。尽管如此，每年夏收之前，都有将近一个月青黄不接的时候。这时，冬天晒的萝卜干子，就显示出不同寻常的意义。

那时萝卜的种子，都是各家各户自己收留。在萝卜地边缘，留筛子簸箕大一小块地方，把萝卜留着，任其生长，开花结子。到夏初，当花色由洁白渐渐转成暗黄，便用剪刀把花盘剪下，放一个匾子里晒干，收藏，待秋后再种。记得那带着绒毛的种子，似乎特别喜欢朝人的身体上附着，一但附着，便痒痒的，挥之不去。

二十世纪七十年代末，我离开农村，由吃土地变为吃定量。一晃三十多年的时间，还真的没有再吃过萝卜。即将退休的时候，因为身体的原因，萝卜，又得以走进我的生活。这萝卜，真有点像一个童年的玩伴，曾和我共度许多难忘时光，后来世事茫茫，各自东西。若干年后，忽然有一天，我和他又在一个路口偶然相遇。君犹青葱我已老，他已经不认识我，但我却一眼便认出了他。我想和他说话，他却又消失在人海里。然而，一些关于他的零星的记忆，却在我的脑海里一一浮现。

2018.5.7

没有初恋有故事

《杂文月刊》原创版2018年第4期上，马积歧先生的《我没有初恋》一文，写到了和自己失之交臂的初恋。一对彼此心仪的小人儿，却有缘无分，因为一方家庭出身不好而无缘走到一起。这种情况，在那个我亦熟悉的年代，见得太多了。虽没有初恋，却不缺故事。

我的一个邻居，二十三、四岁时，经人介绍，和本村的一个比他小四五岁的姑娘订了亲。这邻居品貌端正，做农活旱地水田，都是极好的把式，且为人敦厚。其家庭成分是地主，虽然土改时土地房屋都被分掉了，但留给他家住的几间房子，砖墙瓦盖，在当地仍然是让人羡慕的。总之，论各方面的条件，都无话可说。你知道了——有一个软肋，便是成分不好。因为这点，他踮起脚，把未来的丈母娘一家伺候得无微不至。这姑娘最小，几个姐姐都出嫁了，爸爸妈妈年纪已大，所以，订亲几年，她家凡是力气活，都一律由我这位邻居包下。白天晚上，风里雨里，有事随叫随到，从不耽搁。但要结婚之前几个月，那姑娘被组织去县里参观泥塑《收租院》展览，回来后怀着对万恶的地主阶级的一腔仇恨，断然提出和我的邻居分手。双方的老人为此气得要上吊，也没能挽回姑娘坚定的去意。姑娘后来嫁给了本村的一个退伍军人。邻居一直到快三十岁时，还打着光棍。

邻居嫁到外地的姐姐，又给弟弟做媒。姐姐婆家村里，有一个姑娘，上初中时谈上了本村的一个小伙子。这小伙子后来当兵去了，在部队进步很快，才一年多就准备发展其入党。部队来人到老家进行调查，得知这小伙子的未婚妻，家庭出身竟然是地主。调查人员到部队一回报，首长找小伙子谈话：要进步就回家把这门亲事退了，不要进步就再干年把回家结婚抱儿子。结果无需再说，小伙子选择了进步。这姑娘一拖几年，岁数也渐渐大了。邻居家的姐姐觉得两个可怜的人儿如此这般，就带着这姑娘回娘家来相亲了。姑娘倒也满意，但回家和"地主"父亲一说，父亲头摇个不息，用粗糙的手擦擦眼眶里的泪水，说：其他我不管，咱家成分不好，但绝不能让你再嫁个和我家一样成分不好的人家了。这事儿，就这样又黄了。听说那个姑娘后来嫁给了外地一个年岁比她大得多的离婚男人，而我的这位邻居，今年已经七十好几，前些年被村里给上了"五包"。

现在的年轻人找对象，女方对男方的要求是高富帅，男方对女方的要求是白富美，虽然就一个富字相通，但高和帅，白和美，意思也大体相当，都是养眼的意思，彼此的要求都差不多。但在马先生所讲得那个没有初恋的时代，矬、穷、黑反而一度成为时尚。时尚穷，其实时尚的是成分"穷"，是贫下中农，是"根正苗红"的出身。那么矬和黑为什么会受到欢迎呢？

我的一个亲戚的女儿，有人给介绍了一个对象，男方成分贫农，在生产队还做个保管员什么的，但个儿只有一米六不到。相亲之后，亲戚的女儿嫌对方个儿矮。她爸爸开导她：你懂什么呀，个儿高有什么好！人家做身衣服，得买六尺布，他买五尺就够了。长得高大的，又不会给多发几尺布票的。还就真的，那时每个人一年的布票也就一丈多些，个儿小的，差不多能买两件衣服，个儿高大的，还真是不够。亲戚的女儿想想，觉得父亲的话有道理，就没再说什么。

还有一个故事更让人啼笑皆非。主人公是村东头的小风。她在一个社办小厂上班，自己谈了个同事，带回家给爸妈过目，却没有得以通过。小伙子在小风家吃了顿顺便晚饭，走了。小风爸爸说：你瞧那小伙子，皮肤白白的，头发一根不乱，一看就不是个做活的料，你找个大爷回家养着？但这事儿的结尾挺有意思：那个对小风一往情深的小伙子，知道了小风爸爸嫌弃他的原因，就开始注意自己的形象了，烈日炎炎，下地连草帽都不带，经过一个夏天的修炼，终于把个本来白皙的脸晒得红里透黑，再来小风家时，头发也被有意弄乱。于是，二审便顺利通过。

都是些陈谷子、烂芝麻的事儿了。其实，初恋于每个人，都是有的，譬如藏在种子里的芽孢，有的能长出绿叶，而有的，因为种子之外的原因，芽孢胎死腹中，而已。

2017.4.9

澡堂子里的一道特殊风景

故乡小城的浴室，无论是规模与服务，设施与管理，比我所在的那个二线城市，都要更为高档。一贯的清爽洁净，一律的人气旺盛，一流的豪华装修。但每次前来洗浴，最引我关注的，都不是这些，而是那些形态各异的刺青（纹身）。它们，被清晰地刺刻在一些或胖或瘦的身体上，构成俗语所说的"澡堂子"里的一道特殊风景。

这位先生四十来岁，略显发福的体型，挂一根很粗的金项链，泡在浴池里认真地看电视。他的整个后背，刺着一个巨大的麒麟。擦背工朝他招手，他起身准备离开。我给个笑脸，问：您背上这，花了多少钱？他不屑地看我一眼，扔出三个字：没花钱。

这位不过三十出头，高大壮实，唇上有一溜胡子。他刺的是左臂，两个字：精忠。省掉了后面的一半，这刺出的两个字涵盖虽然更广，但意向所指，却不够明朗了。我表扬他：这两字好看！他倒是挺随和，笑笑，说：朋友免费服务，我想叫他刺四个字的，但字大了，刺四个穿短袖就露外面了。不知他既刺，为何又不想暴露。

上回遇到的那位有点恐怖。两臂各刺着一条蛇，蛇头靠近腕部，向上抬起，蛇尾几经曲折，直达臂根。他应该是一个孩子的爸爸了——他和身边的一个年龄差不多的说：昨晚没睡好，小虫子一夜闹腾。我赶紧抓住机会搭话：你孩子多大了。他说，才五六个月呢。我接一句：宝宝看见你手臂上的蛇，害怕吗？他似乎有点不好意思，说：还真是的，那小东西一看见我伸出手臂要抱他，就吓得直哭；有时实在想抱他玩，穿上长袖，他就要了。

　　还有一次，遇到的一位，像个学生，刺在手腕上方的图案，张牙舞爪的，我也说不准是什么，像狮子头，又像京剧里的花脸。我把手友好地搭到他的背上，问：宝宝你多大了？他一旁同来的一位哈哈地笑，说：还宝宝？人家小孩都快上学了。我诧异，赶忙表扬他青春秀气，像个在校大学生。他摇摇头，说：大学倒是考上的，只是因为专科，又在外省，就没高兴去上。准备去当兵，哪知道因为有这个——他拍拍腕上，没要——现在天天上班，苦死了。

　　还真是这样，当兵体检时发现身上有刺青，一律不要。去年冬天，我的一个堂弟打电话给我，说他儿子可能要去参军，所以准备给他过一下二十岁生日，预约，叫我安排好手上事情，到时回家聚聚，我愉快地答应了。可是，过了好久，一直接不到堂弟的正式通知，便主动打电话询问。堂弟告诉我，儿子当兵泡汤，所以活动取消。我问是否体检没合格，堂弟说，体检棒棒的，但细绝摆子不想当兵，便瞒着他在膀子上刺了个老虎。弟弟是嫌儿子调皮，想把他送到大熔炉里炼炼，结果，儿子略施小计，利用主流价值取向对刺青的否定态度，让他爸的计划砸了锅。

　　刺青的历史很悠久。蔡伦发明了纸，便有了文字。当人类脱去毛发，有了皮肤的光洁，应该便有了图形或文字与肌肤的结缘。其发展，我将其归为三步：一是始于怯懦。人类为了对付恶劣的自然环境中的各种凶猛的野兽，为了增加对对手的震慑，便在自己的身体上纹饰各种显示力量的图案和符号。二是盛于国家形成之后的权力介入。在人体上刻入一定的字符，可以表明人的身份等级；在犯人的脸上刻上文字，则是一种暴力性的对所谓犯罪的惩戒。三是惑于审美或情绪的表达与宣泄。不管别人怎样看，但在刺青者自己，一定是因为喜欢和觉得美，才忍痛在自己的身体上刻下自己心仪的某种符号。刻上所爱之人的名字，是表达爱意，刻上所恨之人的名字，则是牢记仇恨，刻上心中的图腾或偶像，则是以文言志，表明一种信念和决心了。最近几年的大行其道，一些明星的示范作用之外，主要是盲从与跟风心理作祟，别人刺了，便是自己也得刺上的理由。

问题在于，即便撇开"身体发肤，受之于父母，不敢毁伤"的古训，但就那份毁伤过程中的疼痛，难道不是一种对自己的作贱？其实，人之为人，权属在己，然上关父母，下联儿女，小连家庭，大接社会，所以，任何人，其实都没有权力轻率对待和随便处置自己。人会在一种情绪的支配下做出某种决定，比如刺青，当情绪改变，当初的决定难免会发生动摇与修正，需要调整。可是，发型选择错了可以重换，植入身体的那些墨痕，除了割皮挖肉，却只能相伴终生。所以，念及刺青，一定得三思而行，慎之又慎。

2018.4.8

淦爷爷的故事

淦爷爷名字叫财淦，因为辈分高，年纪还很轻的时候，村里人就都叫他淦爷爷。他中等的个儿，背微驼，村里有些人就叫他驼子。淦奶奶为人很好，但在村里却不大受人欢迎，因为她有狐臭，尤其在夏天的时候，许多人遇到她，就捂着鼻子走开。据说淦爷爷之所以娶她，是因为她做活计是一把好手，粗细农活，没有她做不来的。

土改的时候，淦爷爷弟兄三个，另两个都分到了地，被划为贫农，淦爷爷没分到地，也没有地分给别人，所以被定了中农。其实，弟兄三个分家时，家底子相同，都只有几亩薄田，但八败命就怕死里做，淦爷爷在种自家的地外，一有空就到人家做帮工，打短工。尤其是一到冬天，他就扛上荡网子，三乡八村地出去荡鱼，卖的钱一分舍不得花，全部攒着，到土改前几个月，又买了几亩地。哪知道一土改，等于是重新洗牌，他又和他的两个弟兄回到了同一起跑线上。他二弟笑他："老大，人算不如天算，你空吃那么多苦，把日子过得那么紧，这地一分，还不是和我们一样？"淦爷爷哼一声："拿人家的心虚，自己苦来的踏实"。

这也就罢了，想不到几年之后，村里先是搞起了互助组，接着又动员各家各户入社，先是初级社，后是高级社。这一入社，管你是分来的土地，还是买来的土地，或是祖上传下的土地，一律都成为集体的土地。淦爷爷思想上无论如何都不能接受。任谁做工作叫他入社，他都一概不理。撑着扛着在"独木桥"上走了大半年，终于放弃坚守，成了被最后一个割掉的单干尾巴。那年干旱，他家一块地浇地的水源，在已经属于高级社的那一端，被筑了个坝，他的地便成了实心垛子。看着地里的庄稼卷叶枯萎，却无水可浇，他在田头跳着脚对天大哭。接着包括他弟兄在内的好多人，及时对他进行劝慰、疏导。第二天，他终于由"独木桥"走上了"金桥"，入了社。

成为社员之后，自己的几亩地一直是淦爷爷的一个解不开的心结。一次有人在他家里玩，无意中发现他家家神柜上有一个小本子，上面用钢笔写着几行歪歪斜斜的字：大垛子三亩，西河滩三亩二分，都是朱财淦家的田。当时，一阵哄笑就过去了，想不到几年之后，这事却给淦爷爷招来一场灾祸。

文革开始，各队各村都要揪出坏人，而农村里的坏人，主要就是地主富农，虽然这些人早已都是事实上的公社"社员"，但他们另外的名称叫"四类分子"。淦爷爷是中农，按理不在坏人之列，但在给几个四类分子戴高帽子游街时，有人说，地主富农主要是历史问题，朱财淦记变天账是现行问题，这不是明摆着希望复辟变天吗？就这样，淦爷爷稀里糊涂地和几个四类分子一起，成了村里第一批被揪出的坏人。这件事最大的受害者是淦奶奶，她在朝村部给淦爷爷送饭吃的时候，过架在河上的水泥渡槽，不知怎么一脚落了空，摔到河里的一条船上，当场就丧了命。

淦爷爷的儿子因为受母亲有狐臭的影响，没有讨到老婆，父子俩相依为命。那时，生产队常常需要安排一些人外出，譬如去化肥厂装氨水，去窑厂运砖头之类，早出晚归，中午在外面吃饭，需要各人自己从家里带上米,然后在外面跟人家借锅,煮了吃。但淦爷爷从来不带米,中午别人吃饭的时候,他躺到船上休息或在附近某个地方转转。问他怎么不饿,早有人替他抢了回答:"他都是这样的——早上在家里做饭吃的时候,不把米煮熟,然后不易消化,肚子饿了,只要喝些水,就饱了,饿了再喝水。"那时河水都是清冷冷的,他直接用手捧河里的水喝。

  淦爷爷还有一绝,就是凡是有他一起出门做什么的,随便约定什么时候动身,他从不会睡过了头。在没有闹钟,根据日头和星辰确定时间的年代,这决不是一件容易的事儿。淦爷爷有他的"自鸣钟",他临睡觉前用大碗装上一碗温吞水,咕嘟咕嘟喝下去,结果,无论睡得怎样熟,都会被尿憋醒。要起得早就多喝点,不要太早就少喝点。

  这不是糟践身体吗,但淦爷爷死的时候,已年近八十。二十世纪八十年代中期,淦爷爷有了自己的承包田,虽然没有地契,却有承包合同。有趣的是,他竟然软磨硬泡,让"大垛子"和"西河沿"回到了自己的名下。西河沿的地现在还在他的儿子手里种着,但大垛子已经是一片新建的厂房。在征用大垛子地段时,淦爷爷和负责与他谈这事儿的乡里干部发生争执,人家一个手指没碰他,他自己朝地上一倒,便不省人事。喊来救护车,朝车上抬的时候,便断了气儿。

2015.9.27

鱼济济，不是旧时相识

　　鱼很多。菜场里从早到晚，各种鱼按品种及大小归类，养在盆中，任人选购。早晨散步，停在路边的箱式卡车，一辆挨着一辆，满满的都是鱼。但它们都不是我所说的鱼。我所说的鱼，野生在记忆中的沟河港汊，是我物质匮乏的少年时代最有趣的生活点缀。

　　不要以为我是一只馋猫，我说的是取鱼之乐。虽然不算精通，但只要说得上的取鱼的招儿，我都会。

　　我会荡鱼。荡网子口阔一米两米不等，一个很深的网兜连接在一根横着的竹管上，用长篙支着，贴着水里的泥，由浅入深推过，一网接着一网，恰似扫荡，荡网子因此得名。一开始的时候，我看着和我差不多大的红喜子、粉锅子几个都出去荡鱼，吵着跟爸爸妈妈要买。那时买一个一米阔的荡网子，连网加竹篙，也就5块钱左右。但爸爸说，先借人家的给你，你荡了鱼，卖了钱，以后再买。

　　那天早晨7点多，我用借来的荡网子和红喜子、粉锅子一起出去，走了十几里路，在七灶龙王庙后面的一条七八米宽，二三百米长的老沟里，折腾了大半天，到下午四点多回家，他们两个，一个人荡了三四斤鱼，多是牛踏扁，也有一些两三指大的鲫鱼，此外还有一些螺螺。我只荡到了几条牛踏扁。螺螺倒不比他们少。红喜子对粉锅子说：我们一个人拿几条鱼给他吧，他帮我们把水搅浑了呢。后来不知怎么这事儿传开了，我就有了一个外号：搅浑水。

借荡网子荡过几回鱼，都没有够得着上街卖，倒是在爸爸为我买了荡网子之后，有一次出去荡鱼，竟然荡得一条三斤多的鲤鱼，到街上卖了一元五角钱。

荡鱼是个力气活，非常累人，但塌鱼就很轻松了。那时因为土地高低参差不一，所以沟与沟或沟与河之间常有落差。挖开它们之间的坝头，水就流向低处。这时，把芦柴帘子支在下面，前低后翘，从上水而来的鱼儿，到了柴帘子上就如同进入笼中，只要隔一段时间到帘子上看看，有鱼，就拿了装进篮子。天气晴好的时候，鱼一般不会随水而动，但一旦下雨，鱼就会从水底浮出来，朝有水流声的地方游去，结果，便游到了等着它们的帘子上。所以，那时候，我们只要见到天气要下雨了，就忙不迭地找地方塌鱼。

最让人叫绝的是坑鱼。沟里的水朝河里流，晚上或者下雨天，河里的鱼儿都逆着水流往上跳，但常常跳不上去，被水流反弹到两侧。在瀑布状的水流的两侧挖上一个不大的坑，坑里盛上半拉子水，隔上三两个小时，直接到坑里捞鱼，清一色都是鲫鱼，十几个一斤的那种。但具备这样条件的地方不多。一般只是在水稻田中间的沟子，才能提供这种条件。那时学富伯伯替生产队管理稻田里的水，用这样的方法，天天拿鱼到街上卖。我们常常乘他不在的时候，到他挖的坑里拿鱼。

竭泽而渔是个贬义的成语，可那时我们却做过不少这样的蠢事。戽鱼，就是把一条长长的沟，截成几段，打上坝头，然后两个人各站沟坎的一边，一下一下地提拉提桶的绳子，把一段里的水戽干，躺在淤泥上的鱼，便任由捡拾，这一段弄完了，再弄另一段，一段一段地翻。戽鱼拼的是力气，靠的是眼力，需要有从水色判断鱼多鱼少，有鱼没鱼的能耐。

摸鱼常常是夏天洗澡时的顺带，一边在水里消夏，一边摸鱼。吃过饭就下河，两三个小时上来，多则一斤两斤，少则三条两条，再不然摸些河蚌螺丝，总有所收获的。

钓鱼算是最轻松的活儿了。鱼钩是自制的，用一根缝衣服的针，在煤油灯上烧一下，然后把针尖一端弄弯，穿上尼龙线，用高粱穗杆的芯做成浮子，再在钩上装好蚯蚓，便可以垂钓了。因为没有倒钩，常常有上了钩的鱼复又逃走，能够钓上来的，大多是一些极嘴馋的小屠鱼。每到春末夏初，是钓黑鱼的最好季节。只要雨一下，黑鱼便要产子，面盆口大小的一滩，浮在有水草护掩着的水面。只要发现了黑鱼产的子，就用一个用钢丝做成的钩，钩上一只小青蛙，在鱼子上不停地提起丢下，黑鱼妈妈或爸爸以为小青蛙吃鱼子，怒而攻击，一口便连青蛙带鱼钩吞下。提上来，一条黑鱼至少有一斤开外，大的有两斤多。只要发现黑鱼产的子，一公一母两条黑鱼准被钓住。现在想来，这是我所有的取鱼手段中最残忍的，那些离开了爹妈呵护的鱼子，成活率极低。

现在，那些或纵或横的小沟小河，有许多已被填平，没有填掉的，也因水质富氧化而绝了鱼迹。区域内的水系，只有干流和支流，成了鱼儿最后的领地。人工养殖的鱼塘，为鱼市场提供了充足的货源保障。但靠拌有激素的饲料速成喂养出的各种鱼类，只是人们无可选择时的无奈接受。野生鱼在任何一个地方，都是人们的首选。但水源既大面积萎缩，哪来那么多的野生鱼满足市场？于是，许多被当作野生出售的鱼，都是鱼塘养殖的鱼，取出后放在网箱里，在河流中养上三天两日，沾上一些流动的水色，便作为野生鱼上市了。它们是鱼儿，但已经没有了原汁原味。

鱼济济，不是旧时相识。

2015.6.21

往生路上风景殊

　　死亡的事自然经常发生。那边厢有人寻衅滋事，警察履行公务，啪一声枪响，死了。这里有人因为抑郁，从楼上摔下，从此不再抑郁。至于时有发生的飞机失联，渔船遭遇火力袭击，在层层迷茫之外，都是清晰的生命的消逝。真是死神如影随形，死亡无处不在。

　　但在一个不足200人的自然村，5天内死3个人，虽都是平常之死，但此起彼伏的唢呐的悲鸣，披着袈裟的和尚们有口无心的超度亡灵的诵经之声，总让人觉得有点惶悚。

　　第一个死的是牛蕙兰。她88岁，和50开外的单身儿子一起生活。两个多月前，我回老家时经过她家门前，她还佝偻着身子，在厨房门口，用浑浊的眼神仔细地打量我。我叫她嫂子，问她是否知道我是谁，她愣了会儿，终于从记忆深处搜索到久已尘封的一些关于我的信息，然后说出一句"你是国平叔叔"的话来。然后她告诉我，儿子没有找到老婆，一直和她一起过。她说，儿子帮后面的三小家挑粪去了，把粪挑到自家的麦子地里，三小还给些工钱。

早年，牛蕙兰生了4个女儿，第五胎上，生了这个儿子。当时和达明哥哥高兴得煮了几大锅米粥，加些糖精，挨家挨户地送。达明还在的时候，他们的日子就没有宽裕过，达明死了至少20年了，她能一路坚持，在困顿中顽强地活着，其生命的张力和韧性，一定非同寻常。牛蕙兰这一生中最大的痛苦其实不是生活的贫困，而是狐臭。冬天还罢了，有衣服裹藏着，夏天她只要走近别人，就带来一阵很浓的葱蒜发酵过的味道。宽厚一点的，找个借口溜掉，刻薄的，直接掩着鼻子走人。这种一个小手术就能医治的毛病，使她蒙受许多痛苦和屈辱。

第二个走的是德根。德根今年83岁，也算是高寿了。他最大的欣慰与荣耀，是她的母亲，硬硬朗朗地活到104岁，为村子被冠名为"长寿村"立下汗马功劳。人的寿数长短有属于自然的先天原因，有属于自己的心态调适和物质调养的原因，但由耄耋之年而过百岁之期，一定离不开儿女尽心职尽的供养与孝敬。德根虽然是富农出身，但我记忆中的他，也是一直拮据着，只是到了晚年，才住上了宽敞的房子，过上了衣食无忧的生活。他的大儿子和我同年，仍然以在地里劳作为生活来源，日子还算过得去，两个小儿子都做抛丸机生意，应该是属于小康一族了。就是遇到牛蕙兰的那次，我也在村子里遇到了他，瘦弱，和我说话时不停地咳嗽。他说，可能得了不好的病。儿子们要替他出去看，他不肯。他说，坏病看不好，白花钱，不是坏病天暖了就会好的。天暖了，但他的病终于没有好，后来听说那时他已是肺病晚期。

比之他们，德翔当属英年早逝了。61岁，1.8米的个儿，不胖又不瘦，精气神很足，做地里活，不落年轻人。快十年了吧，那次我从外面回村子，看到他抡着锤子，在从废弃的水泥渡槽里向外砸钢筋。大冷的天，他却只穿一件棉毛衫，干得热气腾腾。问他砸了做什么，他说田里现在没事，来砸点钢筋，卖点小钱。他说，在家没事，就要被人喊去打牌，说不定还要输钱，所以出来找点事儿做做。他告诉我，女儿在西安上学，忙的钱，都跟女儿走了。他说，还有一年多女儿毕业，他就轻松了。

最近的一次见到德翔，是去年秋天，我的姨伯过世，我们坐在一张桌子上吃斋饭。他不肯喝酒，我说，你一个手榴弹的酒量，怎么一点不喝，他告诉我，个把月前才去上海做了食道癌手术，现在情况还好，只是不能吃酒了。我问他孩子的情况，他说女儿大学毕业后在上海找了工作，女婿也在上海。他说这次治病，多亏了两个孩子。虽是病体新愈，但德翔说话很有精神，语气中洋溢着满满的欣慰。但我知道，病魔之剑，其实还高悬在他的头上，只是当时没有想到，这么快便迅即落下。

这个自然村已经和其他的村合并为一个更大的行政村了，我根据记忆，列出了20世纪80年代初期原来自然村的人口名册，然后进行死亡统计。35年，共死亡64人，平均每年不足2人。64人中非正常死亡3人，一个不足30岁的年轻人夜间睡觉暴病而亡，一个60岁出头的婆婆因婆媳不和寻了短见，还有一个40岁左右的男人，上厕所时掉粪坑里淹死。60岁以前和80岁以后死亡的比例极小，65岁到75岁死亡的，占大多数。80岁以后死亡的有10余人，其中百岁之后死亡的2人。在一个小村子里有两个百岁老人，所以，这个村便有了地级市政府颁发的长寿村的匾牌。尽管也有早逝和夭折，但100个人口中有1个百岁寿星，的确是一件了不起的事情。

我由这个村子想到了我所在的这个市。因为是全国计划生育先进市（县），30多年来，人口一直稳定在73万上下。20世纪90年代我在计生委工作时，每天平均死亡20人。今天打电话询问去年年底的统计数字，每天死亡人数降到了15人。依此进行推算，这个市35年死了约20万人。一个村的点上的情况，和全市的面上的情况，基本吻合。我不能确切地计算20世纪80年代初的那200人和73万人会在什么时候彻底地从人口统计名册上消失，但可以肯定，十年能换满朝臣，假以时日，一个村,一个市,乃至更大的区域,终会彻底换人。

所以,虽然这个春季的最后几天,对于这个村子来说,是几天连续的黑色的日子,但只是几个远行的人凑巧碰到了一起。他们重复的是昨天的故事,而且,他们的故事,也将为明天的人所重复。生活就是这样,它全不顾人们的内心有怎样的感受,它总是冷峻地日复一日地走在自己的轨道上。

佛教有往生的说法。人死了肉体腐烂,但灵魂不灭,会前往极乐世界,在另一层境界里重生。但往生是有条件的,只有生前潜心修炼,积德行善的人,方能达此境界。牛蕙兰、德根、德翔,还有我所知道的那些走了的村里村外的邻里乡亲,已逝的远在千里万里的同宗同源的同胞兄弟,他们都走在往生的路上,他们的灵魂,一定能升入天国。因为这个世界上,高尚只是旗帜,而平凡的善良却有如春天的小草一样铺天盖地,而且,大慈大悲的佛主,一定会宽宥人身上偶尔有过的污迹。

2015.5.28

第三辑　我思我在

爱之两极

　　进得小区大门，路旁水边，有一块一边围着栏杆的空地。依着栏杆，可以看游鱼，赏荷花。在栏杆的两侧，各安置一张长条椅，供人小憩。这里位于篮球场和儿童游乐场之间，位置适中。每天，都有不少人带着孩子，在这里嬉戏玩耍。有的小宝贝还没会走路，坐在推推车里，有的被搀扶着，正在学步，大一点的或蹦蹦跳跳，或拿出大人为其准备的鱼食，朝水里扔。孩子们玩的开心，母亲或爷爷奶奶们，脸上乐成一朵花。

　　这时，走来了一位老者。他似乎中过风，走路时迈出的步子，有点僵硬。他走到一个正在玩溜溜车的孩子面前，伸出有点发僵的手，摸摸他的头，孩子只管自顾儿玩，溜溜车哧溜一下，走开了。这时，旁边有一个三十来岁的女子，抱着一个两三岁的孩子，在和另一个也是抱着孩子的年龄相仿的女人说话，看得出来，她们都是孩子的母亲。老者朝前几步，走到她们面前。其中的一个孩子把身子朝外面侧，要走。这孩子的母亲对老者说话了：你走开吧，小孩怕你！老者后退半步，一边转身离开，一边嗫嚅着，听不出他说的什么。

我觉得这老者挺可怜、也挺尴尬的，便和他搭讪：您老多大啦？——八十七。您住在那一幢楼？他朝前面指指：就那幢。孙子过来，口渴，拉我回家。我指指老者，让他叫老爷爷。孙子叫了，老爷爷点点头，满是皱纹的脸上，露出笑容。

我离开这里的时候，老爷爷也慢慢地走了。我想到了前几天读到过的一篇谈论母爱的文章。作者认为，母爱固然伟大，但比起子女对年老的父母的爱，更值得赞扬的是后者。小孩子本身，就有花朵一样的光鲜璀璨，晶莹如玉，柔荑温润，不说血脉相连的母亲，就是没有血缘关系的其他人，只要不是异类，谁不心生怜爱？但老人尤其是人到暮年，就不是这样了，他们佝偻衰颓，滞涩僵硬，甚至所有的生活都依赖于人，这没有一点可爱。所谓病入久常无孝子，是说即便是对父母亲具有不可推卸的侍奉责任的子女，也难免对拖累他们的亲人心生厌烦。但烦而不弃，道义之功也。从这个意义上说，同为血缘关系，对老年人赡养和尽孝，远比对孩子的关爱和呵护，更能展示一个人的人格。

那么，没有血缘关系的呢？如果一个社会，既不关心孩子，又不关心老人，那这个社会一定比动物世界还要野蛮、落后；如果一个社会只关心孩子，不关心老人，这个社会就功利得让人感到可怕；人都会衰老，老年人的今天，就是年轻人的明天，今天的老年人如果成为社会的弃儿，明天的老人也绝不会好到哪里。

老年人和孩子，这是社会中两个不断流转的特定群体。尊老爱幼，从人伦关系看，这是爱的两极。尊老在先，爱幼次之。孩子是未来，老人是孕育孩子的土壤。土壤得到像孩子一样的用心呵护，一代代的孩子们，才有美丽的未来。

当时不知道，后来听说，那个说"你走吧"的三十来岁的女子，是那个老者的孙媳妇，那个害怕老者的小家伙，是老者的重孙，但他们四世不同堂，老者因为上下楼梯不方便，一个人住在楼下的车库里。再后来，我好久没有见到那位老者，问在小区打扫卫生的老伯，才知道他确凿已经鹤行远方。

2017.6.9

常忆雷声惊故人

轰——，轰轰，已是仲夏，但惊蛰之后，雨不少，但好像才听到打雷。——又闻雷声响起，我不知怎么想起了过世三十年的二奶奶。

二奶奶做事精干，胆大心细，却独怕打雷。那时我和外婆一起睡在单独的一间屋子，离二奶奶住的屋子只有十几米的距离。夏季多雷雨，有时，有雨没雨，雷都会响上一阵子。白天，村子里人家多，要打雷了，她就随便溜到哪家。晚上，天上一有动静，二奶奶必定来到外婆这里，挤在我和外婆睡的床上。有时候，外面时间还早，雷停了，她也不敢回家，怕雷声再起。二奶奶有一个姑娘，一个儿子。姑娘出嫁在另一个村子，儿子在本村，但不知何故，娘俩住的地方距离至少有一里路。

有时候，外婆会对二奶奶说：被雷打的，都是作过孽，遭报应的；你心地好，专门替人家做好事，雷怎样响，也不用害怕的。外婆说二奶奶专门替人家做好事，是指村子里无论谁家，但凡谁有个头疼脑热的，都要来请二奶奶去"站水碗"。半碗水，三只筷子，一边嘴里小声地叨咕着，一边用手朝立在碗中央的筷子上淋水。筷子站好了，烧几张纸。这是那时村里人生病最初的"治疗"。要是不幸有谁病得严重了，就请二奶奶来搭筷子。二奶奶是主角，另外还有一个年纪大的妇女做配角，通过筷子的敲、转、分、合等动作语言，问病情，求亡故的祖宗护佑。没有医药的年代，这便是"治病救人"，自然功德无量了。

但二奶奶会说：这辈子没做过坏事，不等于上辈子没做过。要不，我的命怎么会这么苦呢？说完，便开始擦眼睛，说起她的辛酸往事。二爷爷三十岁就死了，晚上好好地上床睡觉，半夜里听到几声像是挣扎的声音，二奶奶赶忙从床的另一头坐起，点亮香油灯，一看，二爷爷脸色青紫，头耷拉一边，已经没了呼吸。二奶奶说，他白天还耕了一天的地，夜里说走就走了，还丢下两个孩子，一个五岁，一个三岁；当时她才二十多岁，一个人把两个孩子养大，吃的那苦，现在想想，都有点害怕；如果不是前世作了孽，怎么会受这种罪呢？

外婆先是陪着叹息，继而，也擦起了眼泪。其实，和二奶奶比起来，外婆吃的苦，一点也不见得逊色。用外婆自己的话说，二奶奶吃的苦是用担子挑，她吃的苦是用船儿装。当时不懂，后来读到李清照的"载不动、许多愁"，我就想起外婆说过的"用船儿装"——文人多闲愁，一个字不识的外婆，道出的悲苦才货真价实。外婆的故事我早有言及，她六岁到外公家做童养媳，圆房后和外公生了八个孩子，最后就剩下我的母亲，外公虽然活到五十多岁，但终年有病，外婆既要照料孩子，还要照料他。这次第，怎一个苦字了得。

响雷的时候，外婆沉着镇定，一点不怕，倒是平时，晴天朗日，她总喜欢把"响雷"挂在嘴上，对雷，有一种骨子里的敬畏。弟弟吃饭没有把碗里的米粒吃干净，她会说，这米里有日月之精，浪费一粒，都会被响雷打头。我拿有字的纸上厕所，她会说，文字是圣贤所造，玷污了要被响雷打头。邻居家儿子把馊了的饭给瘫在床上的老父亲吃，她会说，哪能这样，会被响雷打头的。总是打头，大概在外婆看来，做事违逆天理，神灵就会择要害而严惩不贷。

雨幕中，一道闪电划过，巨大的"咔嚓"声随之而至。我知道，这雷，离得不是很远。我也知道，作为一种自然现象，雷就是雷，它哪里知道人间的事儿。不过，我倒是想，要是它真的具有神性，能对人世间的种种违逆天理之辈，能以不及掩耳之势，电击火焚，那该多好！当然，最好是天下多些如二奶奶和我的外婆那样的人，知道人在做，天在看，有神明常驻心中，存敬畏以慎言行。

2017.6.14

风水成人也弄人

老家的三余爷爷曾是名传一方的风水先生。他100岁之后的几年，虽已不便单独出行，但仍然被人家用车子请到东，请到西，忙得风生水起。有些职业，年纪犹如一张名片，年纪越大，这名片的分量越重。譬如退而不休的老中医，那一大把年纪，便是深得养生之法，熟谙岐黄之术的佐证。看风水这一行也是这样，三余爷爷以期颐之年而体健神清，其本身就是最有说服力的广告，所以，许多人慕名而来，自是不足奇怪了。

三余爷爷过世后，小先生接过了他的衣钵。小先生是三余爷爷的长孙，奔七之年，正是做风水这一行的盛年。他初中毕业，因为家庭成分不好，不能继续上学，就跟在爷爷后面学着给人家看风水。先是在爷爷的监管下每天练毛笔字，之后就跟在爷爷后面拿罗盘，勘察现场。那时就有人喊他小先生了，后来不知怎么小先生又改行做了缝纫师傅，到六七十里之外的一个乡镇，做了一个成分好的人家的上门女婿。多年不见，日前偶然在老家的一个酒席上相遇，才知道他早已从做缝纫转回看风水了。

我叫他去县城的时候到我那里玩玩。他说，他经常去县城的，现在城里人比乡下人还要重视风水，年纪大的亡故，墓地选择之外要择定下葬的具体时辰；买新房子要看楼盘，选择单元位置，买老房子要问明吉凶，去晦除邪。他说，连不少单位都常常请他去的。有一个单位，20层的大楼，主楼裙楼，围墙花园，建得既豪华又气派，但入住之后不久，两个一把手相继因经济问题而入狱。再后来的继任者，怀疑风水出了问题，不知怎么找到了他。他去看了看，叫他们把原来朝南开的大门封掉，改朝东开。果然有效，这位不仅再也没有出事，而且后来还得到了提拔。小先生所说的这个单位，和我家在同一条路上，当时搞不清好好的南大门，为什么封掉重开，想不到还有这样一段故事。

对于官员相信风水的事儿，从一些落马官员的身上，其实我们都有所耳闻。有些官员迷信"风水"，达到了近乎癫狂的状态，并由此做出诸多让人大跌眼镜的荒唐事。四川省委原副书记李春城，聘请风水先生做道场，耗巨资千万，将家里老人坟墓迁往成都都江堰。周永康未曾登上权力巅峰之前，曾做过多年副职，一名老和尚告诉他，他之所以只是副职，是祖坟风水不好，周氏为此数次打电话，叮嘱弟弟修坟，至他东窗事发前，周氏祖坟已成为当地吸人眼球的"景点"。山东省泰安市原市委书记胡建学，听巫师说其命中可当副总理，只是缺一座"桥"，于是下令将已按计划施工的国道改道，使其穿越一座水库，并顺理成章地在水库上修起一座大桥。

我曾经见过三余爷爷给亡故者下葬的场景。先用罗盘定位，在地上挖好坑，再在坑底用大麦撒出"太平"两个字，放上几根松柏的枝条，然后将棺材入坑、盖土。由此不难看出，请风水先生的用意，是冀求"死生两平安"。至于建筑物选址，请风水先生，对于底层百姓来说，主要也不过是祈求平安，祛邪避凶罢了；求官求财，求出人头地，求耀祖光宗，求荣华富贵，这些，对他们都过于奢侈，和他们没有多少关系。但是，人一旦社会地位上升到一定高度，有了开阔的视野，心中便有了乾坤和世界，这时，对风水的重视和不惜血本，便有了另外的寄托，其欲望之豪华壮观，自然已是常人所无法理解了。

三余爷爷有让人歆羡的晚年，但在他一百余年的人生中，也曾有过常人所不曾经历的灰暗，他蹲过监狱，被管制多年，经历过几次白发人送黑发人的悲怆。如果能够，他为什么不通过改变风水，来改变自己那些不堪回首的人生际遇？可见，即使真有所谓命运，风水对于命运的影响，也一定有限。当然，从居住环境和人的关系看，面朝大海，春暖花开，心情一愉悦，对人的健康或行为，一定会产生有益的影响。

王浚楼船下益州，金陵王气黯然收。风水依旧，江山易姓。风水亦是势利之物，你兴盛的时候，它可以为你锦上添花，你颓势既出，它便眼皮不抬地给你增添晦气。兴废穷达之事，岂山川地形可以搞掂。风水的要义，在选择和营造一片宜于居住的生存环境，当然必须给与足够的重视，但希望借助祖坟或居所的风水，寻求不断膨胀的欲望之满足，寻求子子孙孙的显赫和富贵，便是走火入魔。

2018.8.20

简约之慧

和宝宝划拳。石头剪刀划拉划拉布。我出锤子，他出布，我输了。之后我出剪刀，他还出布，他输。再出，我出布，他又出锤子，还是输。我基本上可以断定，再出，还是他输。很简单，小孩朦朦胧胧的思维，让他根据我前一次的出手，制定下一步的计划，用当下的锤子，砸我上回的剪刀，结果却被我用布包抄。他索性不动脑筋，不考虑我会出什么，只胡乱地随机出手，我反而捉摸不定，那样，胜负的概率便各占一半。

和朋友约好，各自从家里出发，相遇后一起散步、说话。朋友的家和我的家，隔着一公里多的距离。按照行人靠右走的常识，我在路的这边走，他在路的那边走，需要密切关注对面的人行道。路上行人和车辆多，我怕看不住对方，于是，灵机一动，走左边，逆向而行。谁知一直走到朋友家小区前面，也没有遇上。原来，朋友那边从家里出来时，也想到了行人靠右，就从左边遇我来了。最糟糕的是，我没有带手机出来。结果，扫兴地独自回家。

三国时魏蜀之战，诸葛亮因用错马谡而丢失街亭。司马懿乘胜进军，逼近西城，却见诸葛亮坐在城头饮酒抚琴，一副悠闲自在的样子。司马懿顿生疑惑，令将士转头后撤二十余里。司马懿的儿子司马昭说：莫非城中无兵，诸葛亮故意装出一副诱敌深入的样子来？司马懿略作沉吟道：诸葛亮用兵一生谨慎，岂敢用此险招？遂责令军队赶快撤退。待查明实情，得知诸葛亮真的是唱的空城计时，赵云已带大军赶到。司马懿坐失良机，悔之不及。

世间事往往就是这样，不思则罔，思而过细亦惘。宝宝如果只知道划拳的基本规则，不对对方可能的出手进行推测和预期，也就不会出现推测和预期的错误，自然也就不会总是被抄被剪被砸。约好路上相遇的朋友，如果有一方少动一点脑筋，循规蹈矩地按常规走自己的路线，或者双方都少想一点，走自己的路，注意察看路的另一面，就不至于走岔走散。司马懿如果考虑得少一点，就不会被假象所迷惑，以致和千载难逢的战机失之交臂。优柔寡断，其实说的就是人之思考，不可耽于过细、过密。

以此观之，从大的方面看，譬如内政外交，需要战略眼光，需要高瞻远瞩；战略既定，便不可首鼠两端，患得患失。惟求面面俱到，必定难以兼顾；但怕舍我其谁，难免琐屑缠身。从小的方面看，譬如家庭琐事，需要豁达通透，需要装呆卖乖，难得糊涂求糊涂，心知肚明不说破；线条简单，风格简约，少用脑子多动手，就有了气氛轻松和其乐融融。

人事多诡谲，魔由心中生。人之相处，如果一个精明，一个傻瓜，这事儿大致还能够对付。如果双方都是猴儿精，都把小算盘拨拉得哗啦啦响，十有八九，会适得其反，从而应验那句聪明反被聪明误的老话。倒是傻瓜相遇，彼此不朝深处想，反而轻松自在——傻瓜对傻瓜，大家乐哈哈。房间陈设简洁，无冗杂之物，得居住之适，人的脑洞运作简约，无赘思多虑，是一种智慧。

2017.6.10

岁月悠悠自升华

春节长假在即，岁月的又一轮更替即将开始。

旧俗过年，从初一到初五的所谓五天大年，是实实在在的假期。这五天中，大人不需要下地，走亲戚，或者在家中接待前来拜年的亲戚，做饭，敬香。小孩子不需要做家务。吃好了出去玩，玩饿了回家吃。这五天大年的概念，一直延续到二十世纪九十年代中期。有了双休日之后，国家规定的三天法定假期，加上和正常的双休日的整合，合并成七天长假，"过年七天乐"，习久成新俗。

但无论过去还是现在，在人们的心理认知中，春节，是远比这有限的几天假期要多出不少长度的一段快乐时光。以年三十晚上的团圆饭为重头戏，从腊月二十四送灶，到正月十五过元宵，这二十来天的时间，都可以算是过年。如果再宽泛一点，整个腊月和正月，人们都沉浸在一种快乐、祥和、喜庆的气氛中。近两个月的时间里，无论天晦天晴，每个人的心上都因为过年而有阳光照耀。虽然上班一族会在假期结束回归正常的运转轨道，但上班之余，一样体验和感受过年的余温。假期自是转瞬而逝，过年的温润却会常萦心怀。

在物质贫乏的年代，穿新的衣服，吃好的食物，是过年的期求，也是过年的特色。即便没有新衣服穿，也要缝补浆洗，穿得清清爽爽过年，即便没有大鱼大肉，豆腐、卜页、腊菜，也总有所准备。不用怀疑，那时许多人家过年时吃的穿的，都比不上现在平时景况。但这丝毫不影响那时过年的开心和快乐。因为不管怎样的贫寒之家，一年中的这一段时间，一定是一年中相对鲜亮的日子；即便是一个叫花子，他在过年期间得到的施舍，也是他在平常日子里所不敢奢望的。过年，真正是一场集体的狂欢，无论是精英或草根，富有或者贫穷，每个人都有属于自己的快乐。

前天，微信圈里，几个同学热聊过年。一个同学说：经过几天的努力，终于基本完成了过年的准备工作。另一个同学说：我不需要努力，因为我把每天都当成过年，吃的、穿的，每天都差不多，所以不用作任何准备。话音刚落，喝彩声四起。的确，从物质层面看，当体面的服装，丰富的食品成为生活的常态，过年，除去一些人回家过年的旅途奔波，还有什么要努力准备呢？俗语云：无钱节也常，有钱常是节。每天都像过年，这是社会物质生活水准提高带给人们的最直观的感受。

但是，除了物质层面的感官享受之外，过年的意义，更在于它深厚的文化内涵。祭祀神明和祖先，这是为了记住我们从哪里来，为了存续对天地的敬畏之心；家人、亲友团聚，是为了感受人伦之美，慰藉人伦之情；除旧布新的种种仪式，更像是一次精神的涅槃，把过去交与时光，让未来长出新的枝叶。从这个意义上说，不管物质文明的程度多高，春节或类似春节的其他节日，都将作为一种文化符号，与人类长久相伴。

作为最受重视的传统节日，春节带有久远而深刻的历史印记。随着时代的不断进步，过春节的形式，将不可避免的趋向常态化、非物质化。当它在物质上的意义逐渐淡去，对"一年更比一年好"的执著信念和不舍追求，将引领和托举人类不断实现新的升华。

2018.2.12

静静的胥江

这会儿，这一段的胥江，安静得像一个刚刚睡着的孩子，没有喧哗，没有嬉闹；倒映在远处的水里的灯光，柔和中透出朦胧，像孩子睡着后挂在嘴边的浅浅的微笑；江流有声，但最多就是孩子睡着后的微鼾，不是靠耳朵，而是用心才能聆听。

胥江自胥口来。胥口是太湖流向胥江的入口。在胥口，建有吴国名臣伍子胥墓和胥王庙。伍子胥是春秋时楚国人。公元前522年，其父伍奢被楚平王所杀，他为免遭株连辗转逃至吴国，结识吴公子光，并帮助其建立王位（史称吴王阖闾）。伍子胥以其雄才大略，深得吴王阖闾器重。吴王采纳伍子胥的进谏，"立城郭，设守备，实仓廪，治兵革"，在伍子胥的帮助下，吴王西破强楚，北威齐晋，南服越人。连接苏州古城和太湖的胥江，便是伍子胥任吴国宰相时筹划开挖，这条在经济、军事、政治上对历史产生过重要影响的运河，比隋朝的京杭大运河早出1000年，是中国的运河之祖。至今，仍在苏南及长三角地区的经济和生活中发挥无可替代的作用。

古镇木渎早已和苏州市区连为一体，它是苏州的一张精致而极具分量的名片。木渎乃木塞于渎。当年吴越争霸，失败的越王勾践献美女西施给吴王夫差。夫差专宠西施，为其在灵岩山建造馆娃宫，在紫石山筑姑苏台，"三年聚材，五年乃成"，源源而来的木材拥塞码头。这码头，便是倚江而建的"港城"木渎。现在我们依然可以看到，在古镇木渎的东街西街，虽然这一段的河道几近废弃，在镇外另辟新河，但历史上曾有的繁荣和兴盛，仍于秦砖汉瓦中斑驳可见。古镇和胥江，有共同悠久的历史，镇因江兴，江因镇盛，它们珠联璧合，为苏州古城增彩添翠。

经过木渎之后，胥江拐一个浅浅的弯，继续东行，向横塘流去。北宋的贺铸，以"横塘路"为名，写过一首为其奠定在文学史上地位的词，使他获得了贺梅子的美誉。"试问闲愁都几许，一川烟草，满城风絮，梅子黄时雨。"贺铸由官场退居苏州，在横塘一带，路遇一美艳女子，但美人"凌波不过横塘路"，飘然而至，又款款而去。由错过美人，联想到人生中错过的许多美好的东西，作者挥毫泼墨，淋漓尽致地写出了心中的万千愁绪。杜少陵以山喻愁，"忧端如山来"，李后主以水喻愁，"恰似一江春水向东流"，都是千古流传的佳句，但贺铸的以实写虚，回环设喻，一唱三叹，确具前无古人的功力。

范成大也以横塘为名，写过一首清新隽永的小诗：南浦春来绿一川，石桥朱塔两依然，年年送客横塘路，细雨垂杨系画船。诗中所写景物，在现在的苏州市区，依然依稀可寻。南北走向的范成大路，应该就是当年横塘堤所在的位置。横塘和木渎一样成为傍依胥江的古镇，是在隋代。现在的横塘，是一个街道的名称。顾野王、唐寅、杨素，都曾是横塘历史天空中璀璨的星座。过横塘，胥江和大运河交汇后左拐东行，至万年桥附近的胥门，戛然而止。

2500年流动的历史，30余华里的长度。它为战争而开，其间有过多少历史的刀光剑影？它为民生而开，其间有过多少生生不息的哺育和灌溉、交通和传承？不管最初营造者的动机是什么，事实上，它都是苏州的历史之源，文化之源，是大步走向现代文明的苏州的最厚重、最坚实的历史文化承载。

现在，古老的胥江已经把苏州城区、高新技术区和滨太湖旅游观光区连成一体。伍子胥开筑胥江的时候，或许只是在太湖和古城之间架一座桥，引湖光山色入城，现在的建设者们，具有古人所没有的眼界、胆略和气魄，不需要太久，胥江便会成为贯通城市的一条景观河，走过这条河，便走过苏州历史的灿烂星空。

伍子胥能够在吴国的历史上有所建树，惠及后人，得益于吴王阖闾的垂青和重用。阖闾之后，其子夫差即位，他的命运便一落千丈，最后受赐而死。据说他临死前，嘱人将他的头悬在城门上，要亲见越国的入侵和吴国的灭亡。"三千越甲可吞吴"，历史不幸印证了他的预言。他死了，却留下历千年而不老的胥门、胥江、胥山、胥湖，而那个昏聩无能，却刚愎自用的夫差，则是映衬他的一个历史的弄臣，一个暴君，一个笑料，一个对后来人的意味深长的警醒。

2014.2.2

献给"我会努力"的掌声

　　参加过许多场面盛大的婚礼，有一个程序总是千篇一律，概莫能外。主持人问：无论将来是贫穷或者富贵，发达或者困窘，不管发生什么事情，你都会不离不弃，始终如一的爱着他（她）吗？回答也是千篇一律的振振有词：我会！——会与不会，那是必须拭目以待的。

　　但前几天参加一个婚礼，进行到这个程序，主持人问这个问题时，男主人公的回答，让我吓了一跳，也让全场嘉宾为之愕然。他没有立即给出回答，稍作思考，然后说：这是我们俩共同的理想，我会为此做出最真诚的努力。好在主持人极其机敏，立即打上圆场：新郎官的回答实实在在。然后，他把话筒转向新娘：你会吗？新娘莞尔一笑：我会加倍努力。观众席上，响起热烈的掌声。

　　根据民政部门公布的数据，现在的新婚夫妇，结婚三年的离婚率，超过百分之二十五；以我对周围熟人、同事、朋友的直观，似乎还要大出这个比例。婚礼的隆重和豪华，婚礼上众目睽睽之下的信誓旦旦，常常在婚后不久便被当事人遗忘。因为一件鸡毛蒜皮的小事，因为一个微不足道的细节,在一夜之间视同陌路而各奔前程的,大有人在。

小王和小陈是大学同学,从大一到大四,在饭堂,在宿舍,在操场,在他们愿意见面的每一个地方,都有他们卿卿我我的爱意缠绵。毕业后,水到渠成,他们牵手走进婚姻的殿堂,接着便有了见证他们爱情的宝贝女儿。可是,现在她们天各一方,彼此已经毫不相干。分手的理由极其简单:小陈家在南京,结婚的时候,他们的工作也都在南京。后来,小王被上海的一家外资企业看中,花高薪挖他。他舍不得丢下妻子和女儿,但又舍不得丢掉眼前属于自己的发展空间。于是和小陈协商,他先过去,待帮她找到理想的工作后,再把她们娘俩一并带去。她说,可以的,但如果在半年之内,还不能把她们带去,那他就得返回南京。他去了上海,却没有及时找到她满意的工作。于是,她发出通牒:立即回来,哪怕找不到工作先在家里呆着。他在上海的这家外资企业,负责东南亚一片的产品营销,哪能说走就走?而且,在他看来,如果让他回南京呆在家里,和让她来上海呆在家里岂不一个道理?当抬杠开始,两个人的裂痕便逐渐加大。最后,她带着一周岁的女儿,从他的生活中消失了。他想女儿想得发疯,可是,每次打她的电话,都无法接通。小王是我同学的外甥,那次,同学的儿子结婚,我们坐在一张台子,看到了同学的儿子和媳妇在台上海誓山盟,他拿出手帕擦眼睛。我觉得事有蹊跷,之后问同学,同学便和我讲了他外甥的这段故事。

我觉得小王和小陈的分手,有他们各自的理由。尽管他们经历过较长时间的恋爱,曾经有过真诚的相互间的倾慕,但是,恋爱和婚姻,毕竟是性质完全不同的两码事。恋爱是两个人结伴的旅行,挑最好的景点看,寻最美的处所去,倘有龃龉,便坦然地挥挥手,走各自的路。但两个人一旦走入婚姻,油米酱醋,衣食住行,便会将男女当事人拉入最凡俗的生活。一个女人,带着一个孩子,要求自己的丈夫守在身边,这是一点也不过分的要求,至于要求要找一份自己满意的工作,也无可指责。

从男方的角度看，要自己的事业，要通过事业来证明自己的价值，从哪一点上看，这都是一个优秀男人所不可缺少的。问题是，女人或男人，他们所要求于另一半的，不是他们有多优秀，而是他们必须适合自己。因为不适合而分手，这难道不是合情合理的吗？

感到纠结的是，结婚的时候都是成年人了，具有完全的"民事行为能力"，为什么会对和以身相许的另一个人的结合、会对大庭广众之下的诺言视同儿戏呢？缔结婚姻的承诺，神圣而庄严，它是心对心的应和，是灵魂对灵魂的对白，做不到的，可以不说，既已说出，便是一言九鼎，需终生铭记，时时践行。当然，这个世界上本来就没有一成不变的事物，成功的婚姻，莫不是当事人共同努力的结果。所以，在"我会"和"我会努力"之间，我更赞赏后者。我觉得那种"努力"和"加倍努力"的态度，不仅能体现一种负责的精神，更主要的，是能够让双方明白，婚姻只有被当做一项共同的事业，有两个人的共同呵护和协力经营，才能绵久而芬芳。

由婚姻而及其他，倒真希望能多听到"我会努力"的大实话，能看到靠船下篙、一锤子砸个坑的在"努力"。

2014.1.2

烟火之惑

二十余年不用火柴了，偶尔需要，也是以打火机替代。

火的历史，伴随人类的发展。如果没有火，不说人类只能在黑暗中摸索，就说总是茹毛饮血，人类能否走出动物世界，都是个问题。

最初的火，来自自然。先有对自然之火的认识，再有采集、收藏和利用。但采集雷电等自然之火，难度很大。燧木取火，在人类对火的认识和利用上，具有划时代的意义。后来在大约一百万年的漫长历史中，人类采集利用火的技术虽然不断进步，但一直到19世纪上叶，以火柴的发明和普及为标志，人类才从现代意义上掌握了火的生成和掌控技术。

火柴由国外传入国内，只有不足一百年的历史。虽然早已是自行设计、自主品牌、独家制造，但"洋火"的尊称，直到火柴已退出人们的日常生活，还保留在人们的记忆中，不肯离去。

不能不说到烟。烟与火孪生，火的历史有多长，烟的历史便有多久。但人们引火登堂入室，却把烟拒之门外。烟衍化为"烟（香烟）"成为许多人的座上客，据说只有五六百年的时间。哥伦布发现新大陆，也同时发现了印第安人吸烟。虽然在印第安人吸烟之外，世界上并没有发现更早的人类吸烟记录，但我比较怀疑，印第安人未必是被发现吸烟时才吸烟的，他们可能已经有了不短的吸烟历史，而印第安人的老家在非洲大陆，所以，"烟"被人类吞食起于何时、何地，实在难以说清。

这"烟"和火的关系，非常微妙。人类用火烹煮食物，其实对火需要的频率，并不太高，即便是后来有了一日三餐，每天也只需三次点火。但吸烟就不一样了，烟瘾袭来，甚至首先想起的，是火。而烟既成瘾，就不是三次两次的事儿了。可以说，"烟"的出现，促进了人类对火的需要，而正是需要，促进了对火的控制和利用技术的改进和提高。从这个意义上说，是"烟"，给火插上了腾飞的翅膀。

"烟"的价格差异很大。有的人抽的，一支只有几分钱，甚至都不论盒、论包，只论斤论两的。有的人抽的一支得十几几十元，甚至需要专门的生产加工。其实，说到底，就是烟，加些香精，包装精致些而已。只是烟被精致到了这个份儿上，就买的不吃，吃的不买了，当此时，烟火，已成为"香火"。

烟火成为香火，倒真是火的历史中值得一说的大事。敬奉神祇，祭祀祖宗，都离不开火，用火点燃纸钱香烛，火，连接阴阳两界，虚实两境，拓展了人类的思维空间，也升华了人类的精神高度，促进了人类与历史与未来的沟通和连贯。农村人家传宗接代是为了延续香火，江山社稷需要神明的佑护，而神明是离不开香火供奉的。香火，见证家族的兴衰，也见证国家民族的耻辱或光荣。

香火能展现盛世的光彩，但这火一旦和武力结缘，便成为军火，这就不是闹着玩的事儿了。冷兵器时代的结束，使火的威力急剧膨胀。枪杆子里面有乾坤，这枪杆子玩的不就是火？枪杆子早已更新升级——核动力、核弹头，这些如火柴一样安静的无声之火一旦发威，整个世界便在一片火海中瞬间成灰。火，成就了人类，也能毁掉人类。人类在欣赏了它的无限风光之后，也对其可能导致的灾难性后果开始警觉。禁核、限核，化铁为梨，限火为灯，是人类的明智之举。

想起火柴和火，是因为孙子身体不好。发热，准备和他去医院，奶奶却打电话向老家的老太"问诊"。老太说给他"叫"一下就好了，并授以方法：用两盒火柴，拉开，塞到宝宝的两只鞋子里，晚上睡觉前，提在手里，把宝宝搀到门外，然后喊着宝宝的名字，走几步，再把他搀回床上，把塞有火柴的鞋子放在枕头旁边，睡觉。如果是吓着的，第二天一定会好——这有点像医学上的治疗性检查了，好了就是被吓着，不好则因为不是被吓着。

到哪里去找火柴呢？到街上转了一圈，走了附近的几家超市和小店，都没有这玩意儿。有一家超市的老板和我有点熟，拿给我一个打火机，说：用这个吧，现在哪还有人用火柴！我笑了笑，摆手致谢，在老板疑惑的眼神中走出超市。然而得来全不费工夫——儿子出差，宾馆里供客人使用的那种很别致的精装火柴，两次，带回两盒。他听说火柴居然有这等用途，犹疑着拿了送来。

结果是，第二天宝宝真的好了。奶奶说，前年她姐姐家的孙子发热，挂了三天水，都没降下热度，后来请人"叫"了一下，立马就好了，也是用的火柴。火柴具有如此"神奇"的功用，有点类似于人体的特异功能了，我当然不信，不过，如果再遇到宝宝发热，或许还会拿来试试。

2016.6.21

处处风景何匆匆

　　马以快名，亦以快胜。"春风得意马蹄疾，一夜观尽长安花"，走马观花的感觉，固然怡情爽心，痛快淋漓，只是因为快了，哪里还能够体会徐步缓行，细嚼慢品的从容与自如？所以，早在半个世纪以前，歌手马玉涛就深情款款地唱道："马儿哟，你慢些走！"慢些走，才能"把迷人的风景看个够"。

　　振宏先生六十年代去南京求学，大清早从家里出发，步行十多里，到小镇上的轮船码头乘船，中午到白驹，转乘兴化班，到兴化已是万家灯火。连夜又上船，于第二天上午到达长江边上的高港，下午再转乘"东方红号"江轮，到南京时，已是第三天的凌晨。问那时已有汽车，为什么不选择汽车，他说，乘汽车快得多，但第一天晚上就得赶到县城；那时公路坑坑洼洼，十几个小时颠簸下来，身上的骨头，像散了架一样难受；乘轮船比乘汽车花钱少；最主要的，是乘轮船虽然看起来多花了时间，但时间一点没有浪费——坐汽车不能看书，坐轮船却可以悠闲地看书，还可以听卖艺人说书，唱道情。慢，在振宏先生，是一种选择。

现在从老家的村子到县城，开车只要十多分钟便可到达；遇到"三缺一"，一个电话，彼此可以在十几分钟内赶来"救场"。但几十年前，驾木船从水路走到县城，能走上满满的一天。通向县城的这条美丽的河流，回环曲折，七拐八弯，愣是把不过十公里的直线距离拉长到二十公里以上。但那时的斗龙河，浑朴天成，一路都是如画的风景。清涟涟的河水微波轻漾，两岸绵延不断的芦苇滩，芦苇丛里不时飞出色彩斑斓的鸟儿。岸线近处，长着水韭菜、马蹄莲、睡莲、浮浪菜等许多我说不出名字的水生植物，它们疏密有致地分布着，使这条古老的河流显得青春而富饶。有十几道河湾，每一道河湾都有一口捕鱼的大罾，小船行来，可从河两岸的浅水处通过，大船或轮船经过，罾被高高支起，悬于空中。待船只通过后，罾又沉入水中。自然，这种"观光"式的原始出行方式，一定会误过许多人生的"场子"，但比起火急火燎的疾行，难道不多了许多非此莫属的情趣？

王先生和李先生都有自己的企业，都是做机械的。当初他们规模相当，每年几十万的利润。后来王先生跟风乘势，给自己的企业提速，不仅把利润全部转化为投资，而且还向银行借贷扩张，使企业规模翻了两番，成为市里有名的"重点企业"。李先生的企业虽然也有所发展，但走的是内涵式发展的路子，厂房还是那样大，围墙还是那样高，只是对一些关键的设备和技术做了更新和改造。现在，王先生的企业已经偃旗息鼓，偌大的厂房门可罗雀，王先生自己都已经不知所终。几年前受国际金融危机影响，机械行业遭遇普遍的不景气，银行索要贷款，说好先想办法还了，然后再贷，想不到东挪西凑，甚至借了部分高利贷，把银行的钱还了之后，银行银根收缩，没了贷款指标，资金链断裂，昔日神气十足的大老板，面对一大堆无法招架的债务，突然消失。而李先生的企业，虽无大的起色，却能稳步发展。对企业乃至整个经济发展而言，快和慢，都不重要，关键是必须审时度势，量力而行。慢，至少是一个不可缺少的选项。

早年农村人家饲养的家禽家畜，生长期都比较长。年初从市场上买回猪崽，到年底出售或宰杀时，一般不会超过两百斤；鸡和鸭是春季出炕，买回家养到中秋节前后，母鸡和雌鸭留着下蛋，公鸡、雄鸭便成为自家或赠送亲戚朋友的应时美食。公鸡每只一斤稍多，雄鸭大的通常不会超过两斤。不少人怀念那时的猪肉香，鸡鸭好吃，其实，好吃的原因就是家畜家禽长得慢。现在养殖的家畜家禽，生长期比以前缩短了近二分之一。通过在饲料中添加激素，使家禽家畜提速生长。这种高产，对于繁荣市场，发展经济，虽然不无意义，但从社会的长远发展看，带来的问题不少，肉质口感不好，只是表面现象，其实质是对人类健康经构成的潜在威胁。

孩子的成长也是这样。大街小巷，随处可以见到面向孩子的各类招生广告。更有甚者，在学校、幼儿园门口，每天都有许多人一边散发广告，一边直接对接送孩子的家长们进行招揽。不同学科，不同形式的"班"如雨后春笋，成为教育的奇异风景。办班者打着培智和育才的招牌，瞄准的是孩子家长们望子成龙的心理和或鼓或瘪的钱袋子，但直接的受害者却是孩子。他们从幼儿园、小学开始，就被一种无形的手拧着耳朵提速。家长们希望自己的孩子，能因此而在对优质教育资源的竞争中胜出，殊不知，大家都提速，这提速的意义便互相抵消——抵消也就罢了，这种提速挤压了孩子自由发展的空间，其对孩子成长的危害，虽然隐秘，却实实在在。

斗龙河以及通向南京的诸多河流，除了长江及一些主要水系，大多已失去通航能力，水体污染，河道淤塞，即便想重蹈一回昔日旧辙，也已是痴心妄想。交通提速，饮食快餐，这样那样的"快车道"，连文化都已进入快餐式的消费时代，一切都已慢不下来。可是，当一切都快了，慢，便成为难得的风景。

2016.5.13

万千愁绪尽自惹

文学史上，宋词与之前的唐诗、汉赋、楚辞，与之后的元曲、明清小说相提并论，是前无古人后无来者的范本与荣耀。在宋代（含五代十国）众多的经典作家中，开风气之先的唐后主李煜，是一位重量级的人物。无论是李清照的"载不动，许多愁"，还是贺铸的"一川烟草，满城风絮，梅子黄时雨"，无论是柳永的"执手相看泪眼"，还是辛弃疾的"郁孤台下清江水"，他们写心中之愁，都比不上李煜的"一江春水向东流"。如果说，李煜因为写尽心中愁绪而胜出词坛，那么，把离愁别绪写得淋漓尽致，便是宋词最让人歆羡的成就，即便是一些"壮怀激烈"的篇什，看起来金戈铁马，其实写的也是壮志未酬的沉郁，是别一种愁绪。

年轻时每读李煜的词，总有一种莫名的惆怅充盈心头。固然，那时正是"为赋新诗强说愁"的年纪，但不能否定，李煜词所具有的强大的艺术感染力，总能把你拉进他所营造的那种特定的氛围，使你浸润其中，欲罢不能。但后来读了一些关于他和他的同时代人钱俶的一些文字，觉得他在词中抒发和宣泄的那些万千愁绪，其实都是自陷困惑，和时代精神毫无关联。他可以沉湎其中，但作为后世读者，却应该保持自己冷静的观照。

公元960年，后周大将赵匡胤发动陈桥兵变，黄袍加身，建立宋朝。赵匡胤采取不同的方法，先统一了南方，后平定北方，基本实现了国土的统一。从973年起，赵匡胤多次要李煜到汴京朝觐，以便和平统一南唐。但李煜贪恋一国之君的宝座，不肯俯身向赵称臣，以"身体不好"相推。974年，赵匡胤令大将曹彬率军进攻南唐。宋军包围南唐都城金陵后，赵匡胤和曹彬继续对李煜进行"统战"，劝其停止抵抗，以免全城生灵涂炭。李煜终不言和，直到城破被俘。为了抵抗宋军的进攻，他几乎将境内所有成年男子都赶上战场，"以纸为甲，以农为兵"，士兵战死者及伤亡的民众，不计其数。

战争给南唐的百姓带来了深重的灾难。常州、润州等地的百姓都经历了被困孤城的痛楚。金陵的百姓被围困城内近一年。由于长期被困，"城中斗米十千，死者相藉"，无数贫民被活活饿死。虽然杀戮不是宋军的目的，但城破之日，除了受到特别保护的李煜宫室外，金陵全城，不论是平民还是官宦，都遭到了肆意的抢掠直至残杀。李煜降宋后，江州守军仍拒不投降。被围数月后，宋军攻入江州，杀尽全城的男女老幼。金陵自三国时起一直是东南重镇。唐朝灭亡后，吴国与南唐先后建都金陵。经过两国近百年的经营，在五代十国的战乱岁月中，金陵及其附近地区仍维持了令人羡慕的繁荣。"凤阁龙楼连霄汉，车如流水马如龙"（李煜词）。但经过宋军近一年的围攻及城破时的烧杀，金陵及其邻近地区被战火摧残得千疮百孔。直到近四百年后，明太祖朱元璋在金陵建都，这座古城才重现生机。

此外，李煜的顽抗还使珍贵的文化遗产遭到了浩劫。东吴、东晋与南朝宋、齐、梁、陈都在金陵建都，城内外的六朝古文物、古建筑不可胜数。到城破之日，不知有多少前人留下的文化瑰宝因为战火而成为灰烬。李煜自己所拥有的无数书画珍藏，如钟繇和书圣王羲之的作品，均在城破时灰飞烟灭，永远不再。

李煜虽然也曾有过"与河山共存亡"的扬言，但宋军攻陷金陵后，他却没了自杀的勇气，向宋军"跪拜纳降"。这迟到的投降，使他苟全了一段充满屈辱的生命的时光。在做阶下囚的日子里，他终日以泪洗面，那些抒写愁绪的经典之作，便是这一时期的凄苦心情的实录。如果不是被赐毒酒而死，让他继续痛苦地活着，一定还会写出更多这样哀婉幽怨的文字。

但和南唐毗邻的吴越国就不是这样了。开国之君钱镠一直以"善事中国"和"保境安民"为国策。临终时，他又嘱咐子孙"要度德量力而识时务，如遇真主宜速归附"，即在中国出现统一的形势时应迅速放弃割据。此后的四代吴越国王都恪遵遗训，不称皇帝，向中原的朝廷称臣纳贡。北宋发动攻灭南唐的战争后，李煜曾致书当时的吴越王钱俶："今日无我，明日岂有君"。但钱俶认清当时形势，不仅没有援助南唐，反而按照赵匡胤的意思，派出军队配合作战。南唐灭亡后，钱俶审时度势，最终决定"保族全民"，将"三千里锦绣山川"和十一万带甲将士，悉数献纳给中央政权，从而在中国历史上第一次实现了一个强盛的割据王国与中央政权的和平统一。由于和平统一，吴越国军民无一人死伤，也无丝毫的财产损失。宋太宗赵光义曾当面称誉钱俶："卿能保一方以归於我，不致血刃，深可嘉也。"欧阳修、苏轼对钱俶的保境安民之举，也都曾给予盛赞。明代的朱国祯言简意明，表达了和欧阳修、苏轼大体相同的意思：钱氏"完国归朝，不杀一人，则其功德大矣"。

多愁善感心柔弱，但李煜不是这样。对于战争可能造成的血流遍野尸骨成山，他不是不知。但因为对于江山社稷的极度迷恋，他不惜铤而走险，置民瘼和百姓死活于不顾，穷兵黩武，及至弹尽粮绝，城破国碎，方才在心中喊出一句"求大王饶命"，自己尊严尽失，百姓横遭劫难。对权力的贪恋，对私欲的放纵，对时事的糊涂，对天下苍生的冷酷，留给后世无尽的感叹。李煜没有兑现自焚的诺言，却实实在在地上演了一出玩火者自焚的活剧。

  设若李煜也像钱俶爱天下而知自爱，对世事有洞达的认识，顺势应变，且不说天下之幸，他也会像吴越王钱俶一样，受到册封和礼遇，安稳地做他的一方诸侯。如此，哪来的那么多家仇国恨？当然，也就没了那些泣血的所谓爱国的经典之作。所以，李煜的万千愁绪，其实都是自寻烦恼。

2015.5.22

患难之交

在老家的饭店吃饭。一道菜上来，服务员报菜名：红烧水牛肉。牛肉常吃，但水牛肉却比较稀罕，因为市场上流行的牛肉，都是黄牛主打的菜牛屠宰所得，即便被号称为水牛肉的，大多也只是经过技术处理的黄牛肉。而这次吃的，据说是正宗的兴化水牛肉，粗粗的纤维，醇厚的香味，既有劲道，又不粘牙，酥嫩爽口。

但吃了两块，我搁下了筷子。我想起了小时候吃过的一次水牛肉。生产队的一头白雌牛死了，是在耕田的时候倒在水田里，被人抬上来后就再也没有能站立起来。后来，请来邻村的一个屠夫给它剥皮，把牛肉一块块割下来，一个生产队40多户人家，每户分得约3斤牛肉。当天晚上，母亲就把牛肉做给我们吃了，很香，只是火工欠缺了点儿。我们"攻坚不怕难"的时候，贵成爷爷家突然传出一个男人悲恸的哭声。

原来，贵成爷爷替生产队送民工刚回家，看到了牛肉，一问，是白雌牛死了，便嚎啕大哭起来。贵成爷爷哭的时候，贵成奶奶在一旁抹眼泪。后来听在生产队做副队长的相庆爷爷说，也难怪的，这头牛原来是贵成家的，合作社的时候，和土地一起成了集体的。全生产队的七八条牛，到了入冬的时候，都集中到生产队牛屋统一饲养，来年开春，牛出槽，分牛，挑有"用牛"技术的农户，既负责牛的牧养，又负责耕田、耙地、打谷等靠牛出力的农事活动。每年开春分牛，贵成都要求把他家的白雌牛分给他，他怕别人不知怜惜，委屈了白雌牛。这头牛已经20年出头了，虽然主人由个体变成了集体，但一直没有离开过他。相庆爷爷说，别看这头牛已老了，但做活不比青壮年的牛差，尤其是从不偷工减料，在打谷子或碾棒头的时候，一点都不贪嘴。

其实，哪里就是贵成爷爷呢，在那个耕牛作为大型农具的年代，离开了牛，庄稼人真的是寸步难行。春种秋收，如果没有牛的鼎力相助，他们只能望地兴叹。他们和牛的关系，决非一般的人和牲畜的关系，他们，休戚与共，是一根藤上的瓜。

可是，后来人们的境况渐渐好了。在二十世纪八十年代初期，电力逐渐普及，手扶拖拉机等农业机械渐次增多，到了世纪之交，电网覆盖城市和乡村，农业机械广泛运用于各类农业劳动。可是，现代文明的成果，只是人类的专享，而牛们，在它们可以松一口气的时候，便逐步遭遇人类的刀劈斧砍，数量急剧减少。我打电话给在乡下做村干部的表弟，问他村里还有多少人家养牛。他说，还有一家，一个村，可能全镇也就这一家了。昔日一个镇有上千头水牛，竟然剩下"孤家寡人"。我问表弟：那这一家为什么还要养牛呢？表弟说，这家人家比较困难，儿子有点傻，不能出去做工，就养了头牛，农忙的时候，左邻右舍方便点，他也挣点小钱。原来，牛是一种困难时的相托与需要。

几千年来，水牛一直是人类忠诚的朋友，在漫长的农耕社会，农民扶犁，耕牛负轭，农民披星戴月，耕牛日劳夜作。合作化以前，大户人家养牛，有牛棚，自耕农一类的，牛直接养在家里，牛是家庭的一员。他们，是相依为命的患难之交。

连人对人，都可以一阔脸就变，而况人对牛了。在人类的势利和贪欲的驱使下，牛由人类昔日的朋友，成为人类餐桌上的美食。端上餐桌的水牛肉一定不是牛们生命枯竭后的残骸，那么，得多少牛才能满足人类的饕餮之欲？市场的需求，导致水牛养殖产业化，于是我们看到，昔日的患难之交，以如此令人深思的方式，和人类相逢在觥筹交错间。

2014.11.8

第四辑　余温绵长

端午粽子香渐远

又逢端午。前些天回老家，花十元钱从农贸市场买了几斤箬叶，晒干带来苏州。昨天，家属淘米备料，煮好箬叶，洗净，放入台盆里的清水中，连扎粽子的棉线都一根根地理好，放于我顺手拿到的地方。在氤氲着的箬叶清香中，我捋起袖子，开始包裹端午粽子。

我用三四根箬叶，排成一组，再排一组，两组一颠一倒，以两手的中指和食指，夹住两端，轻轻一旋，形成一个有着尖角的椎形空间，左手握住，右手用小勺从米箩里取少许糯米，填进左手握着的空间，取一些肉丁或枣泥放入，再以糯米覆盖；用右手将圈成锥形后余下的另一端的箬叶，朝前一推，按紧，顺势朝右一折，粽子原来的一个角便变成了四个角；拿一根棉线，用嘴咬住一端，绕两圈，打个活结，一个粽子便裹好。瞧，任怎样放，四平八稳，三个角一面，一个角与面垂直，大小适中，有模有样。

大前年的端午节，我曾写过一首小诗：采来箬叶备原料，粽子年年自己包；唇齿留香回味久，常思手艺母亲教。说手艺有点玄了，但那时乡间确有一些人家，不会包裹粽子。记得有年端午节，邻居家婶子来我家，说她家会裹粽子的人插秧时手被碎瓷片碰破了，不能裹，她又不会。母亲说：待会儿我去帮你家绕一下。一个绕字，足见母亲裹粽子有多娴熟。

母亲裹粽子的时候，用一个椭圆的木桶（俗称大桶），把煮好洗净的柴叶子连同一些清水装里面，用一张小凳，坐在木桶的一边。我在木桶的一端，用单根柴叶裹"猪爪子"。"猪爪子"其实就是一种简单的粽子，有点像现在超市里卖的、用一层层的棉线捆扎而成的那种。后来，母亲裹的时候，我帮她做下手，将柴叶子编组，排起来。再后来，我就开始自己学着裹了，曾经因为手没握好，把米撒得桶里、地上，到处都是。母亲并不责怪，说我米装多了，让我重裹。重裹，便裹成了，只是毛毛拉拉的，从外面都能看到米。

母亲已经离开我们十余年了，我们姊妹四个，只有我和妹妹传承了母亲的手艺。妹妹不仅会母亲擅长的"草把头"，还会裹"穿粽子"，又叫"怡斧头"。这种裹法不需要用棉线扎，只要用"鱼穿"将柴叶的末梢穿进粽子里面。这种粽子裹好后看起来干净利落，但因为是被拢着的，所以，煮熟了吃起来有点稀松，而草把头因为扎得紧，吸水少，吃起来有韧性，特别香。

虽然有母亲的嫡传，但是我再也吃不到母亲所裹的那种粽子的味道了。母亲裹的粽子，多用蒲草扎成。那种长在家前屋后的一簇一簇的蒲草，被叫做旱蒲，叶子狭长，极有韧性，在端午到来前十天半个月，被平根割下，晾干。裹粽子之前，连同柴叶，一起放在锅里蒸煮时，便清香四溢。蒲草之外，母亲还用稻草扎粽子。稻草的金黄的颜色，点缀着粽子绿色的柴叶外皮，养眼之外，融进稻草淡淡的幽香，也是别有风味。现在，蒲草成了公园、花圃的宠物，它们或金黄、或青紫、或鲜红、或乳白的美丽的花，使其乳名早被人们忘却，马莲、马兰花的别名风光一时，身份也随之高贵，自然，它们已远离人们凡俗的日常生活。而稻草，也由当年稻谷之外的别一种收获，成为弃之唯恐不及的废物。它们作为当时裹粽子的必备之物，俱已无缘走上人类的餐桌。

吃粽子是需要氛围的。五月端阳节，家家粽子香。蹲在密封的蜗居里，我知道，这一刻，裹粽子、吃粽子的人家，一定非常普遍，但对门不说话，同楼不相识，家家粽子香，大概只能推而测之了。用彩线系"百敉"，吃雄黄酒，门楣上插艾草和菖蒲，寓意有别，但大同小异，都是驱灾辟邪，祈求平安。这些风俗，在一些乡村和城市的某些地方，虽尚有存在，但哪里还成氛围？

当然，更主要的，即便母亲还在，即便裹粽子的柴叶旱蒲稻草依旧，即便煮粽子的土灶柴火依然，那个童稚的我，到哪里才能唤回？

2018.6.17

土灶柴火炊烟飘

城市餐饮，不知从什么时候，冒出一个非常时尚的品牌：老土灶。

土而且老。其实，灶哪有不"土"的？它通过燃烧柴禾，产生热量，为人类烹煮食物提供方便。坯垒，砖砌，石支。在灶膛里燃成灰烬的，是农作物的秸秆，是对自然之赐的就地取材。粮草并列，草像粮一样金贵。废弃荒芜之物，尽是重要生存资源，收藏唯恐不及，绝无"秸秆焚烧"之忧。一口灶，便是一个小型的垃圾焚烧炉，灶上做饭，是垃圾焚烧的综合利用，也可以说，垃圾得到处理，使烹煮食物具有了对环境的净化之功。民以食为天，灶于民为神，灶作为农耕时代的特殊标志，对于农耕社会的文明递增和累进，功不可没。

燃气逐渐普及，那个叫做煤气灶的新式灶具，虽然还被冠之以灶的名称，但事实上，那仅仅是一个点火的装置。这个火，可以在那个叫做厨房的某个位置点燃，也可以在餐桌中间点燃。在火焰上接受并传递热量的那个锅子，实际上只是一个特殊的器皿。因为锅子需要固定的支放，而这个器皿却是游离的。锅是灶最重要的组件，但不是灶的全部，与之相配的还有汤罐，炕洞，还有张贴灶神的灶壁。当这一切都不再存在，灶便不再是灶，它成为留在字典里的一个逐渐陌生的词。我们为焚烧秸秆引发的雾霾发愁，为被秸秆堵塞的河道和发黑的河水生忧。不能说这是灶被灶具取代的过错，但至少可以说，灶没了，灶赖以存在的那些条件还在，这些资源，便成为人类扔不掉的行囊。

在繁华的街市中，老土灶如枯木逢春，确确实实地吸引许多恋旧的目光，那旺盛的人气，比老土灶烹制的美味，更耐人寻味。

铁锅、铝锅、砂锅，各种不同材质的锅子，烹煮出的食物，或许会有细微的差别。在土灶上用柴火做出的饭菜，和用燃气做出的，真的会有味道或口感上的差异？以现代科学的常识观之，火是物质燃烧过程中释放光和热的一种现象，无论是以什么为介质，它们的虚幻的颜色或许会给人不同的感觉，但其性质都是一样一样的。燃气做出的肉比用柴火或炭火做出的肉少一等口味，这实在找不到多少学理上的依据。即便火真有味道，实物加工的过程，也是在一个完全封闭、隔绝的系统中完成，火的味道也无法传递到食物中的。无味吃出有味，此味吃出彼味，这是心灵对味蕾的最神奇的刺激。

见过不少描写灶的文字，都有直抵心灵的的温馨和酥软，即便文字的背景有让人刻骨铭心的灰暗和贫穷，但是灶，总透出色彩和希望。一方餐桌近灶边，合家围聚苦作甜。稀饭咸菜疙瘩汤，南瓜红薯海碗装。家是港湾，设若没有灶，这港湾便是死水一潭。那时母亲常常生病，放学回家的路上，看村庄上空袅袅的炊烟，最关注的便是自己家的烟囱，有没有期盼中的炊烟升起。如果不幸一片空寂，那到家后见到的一定是锅不热，瓢不响，妈妈躺在床上呻吟。吃饭是人生的基本问题，而这个问题，只有在一家一户的灶上，才能得到真正的落实。

二十世纪五十年代农村吃食堂，拆掉小灶建大灶，一个村庄，只有一个烟囱冒烟。这烟，气势虽然极大，却彻底丧失了散淡和自然，不仅寻不到一点"长河落日圆，大漠孤烟直"的诗情画意，而且留下许多噩梦般的记忆。所幸后来迷途知返，拆掉大灶复小灶，又见炊烟人间起。其实，寻常人家的幸福，就是那么简单：两间茅屋一口灶，总有炊烟袅袅飘。

炊烟是从灶里飞出的精灵，是稍纵即逝的人间花朵。想起幼时见过的农村中的独居老人，矮矮的草舍，进门便是一口锅箱，这锅箱用泥土和稻草垒成，像一只口大底小的缸，缸口上放只铁锅，缸的一面开一个窗，是烧火的门。因为没有烟囱，烟窝在家里，逼仄的空间被熏得乌黑。现在城市里出现的所谓土灶，大多没有烟囱，严格说，这和锅箱一样，不能算灶——灶是需要呼吸的，烟柜和烟囱的连接，使灶成为一个与蓝天相接的开放系统，才有云彩般美丽的炊烟，凡俗的人间烟火，才能被送上高远的天空。

社会不断向前，土灶终成过客。关于土灶的记忆，慰藉的是心灵，启迪的是心智。

2016.7.15

故乡曾在波涛间

西团南团瓜蒌团，朱家团陈家团戚家团，头灶七灶八灶，张家墩子李家舍，老家的这许多诸如此类的地名，都带有咸味，它们都在海水里泡过。它们最初的居民，有我落难至此的先辈。夜枕潮声眠，昼煎卤水生，故乡曾在波涛间，先辈原是煮海人。

1000年前，身为泰州西溪盐官的范仲淹，在泰州知州张纶的支持下，对筑于唐代的捍海堰进行加固、重修。这条两百多公里的海堤，对于阻挡海水西侵，功不可没，后世为了铭记范氏修堤之功，将这条捍海堰改称范公堤。我弄不明白的是，一代代的父老乡亲，都对范仲淹崇敬有加，可在范氏修堤之后，历经几百年的变迁聚集，他们居住的那些团、灶、墩、舍，才逐步形成，而且，依然不时遭遇海潮的光顾。范公堤拦截海潮护良田，可惜君家却在海堤外。不错，海堤也有阻挡上游洪水的功能，但用张纶的话说，"涛（海水）之患十之九，潦（洪水）之患十之一"，范公堤对堤内的居民良田，护卫之功甚大，而于当时在堤外煮海为业的零星居民，对于后来迁徙此地加入煮海行列的我的先辈们，则意义不大。

600年前，朱元璋建立了大明王朝，受曾经和他争夺天下的张士诚的牵连，我的先辈们在内的一大批"吴王"的子民被从苏州发配到范公堤以东这片不毛之地。其时，范公堤已失去阻挡海水的功能，因为海水逐年东迁，潮水能够达到的地方，已经距离范公堤30多华里。从范公堤向东北，有一条流经故乡全境的河流，弯弯曲曲，绵延百数十里而入海。这河流原来是海滩上的一条潮水涨落的自然通道，河名斗龙港，其关于神牛和恶龙搏斗的故事，隐约地揭示出先辈们在这片土地上遭受海水肆虐的艰难的生存状态。在范公堤之后最早修建的海堤，距今只有100年的历史，而在这之前，一遇大潮，海水倒灌便在所难免，以至于二十世纪中叶，团灶墩舍周围的河水，都又咸又涩。

故乡的居民并不都是因为洪武遣散来自苏州。盐民张士诚是在元末揭竿而起的，而史籍上关于张起事前，是泰州草堰场张家墩子人的记载，说明我的故乡在那时已经有了相当数量的居民。没有海堤的遮掩，却能在海滩上安家，这安家之处必定是海滩上的高地，自然的或者人工垒出的，或者在自然的基础上再垒土加高的，总之，那时诸如张家墩子的团、墩、灶、舍等人群集聚地已经存在。当时的原住民看到从城里而来的外地人时，不知是否有如二十世纪七十年代初我们看到城市居民下放农村时的那种好奇和兴奋。我们目睹了那些在城里生活惯了的城市平民在村子里的艰难和窘迫，也目睹了他们后来和知青一样，在返回城里之前的激动和兴奋。早已认同自己身份的"乡下人"虽然对农村生活有深刻的切肤之痛，但彼时，却对那些离乡背井而来的被下放的城里人充满深深的怜悯和同情。

张生煮海是一个美丽的故事。我的先辈们煮海，却是一群被强制为业的盐民。他们在海边荒滩，从苦涩的海水中，煎熬出源源不断的白花花的财富，而自己却赤贫如洗地过着的一种蛮荒原始、毫无生命保障的生活。我不知道先辈们在原籍以何为生，但从当时相对富庶发达的州府之地，被驱赶到这里，不说物质上的艰苦卓绝，就是那种精神上的郁闷和失落，都足以让人沉沦而至万劫不复。他们没有得到重新返城的机会，而是立地生根，像树一样在这块泛着碱花的土地上扎下根来，竟至长出茂密的丛林。他们煮海水利，变荒滩为良田，他们来的时候或许只是一对年轻的夫妇，挑着最简单行李，但是，一代代的繁衍，他们的姓氏，成了一个村庄的名字。最初，他们的村子只是同宗同族的聚居，后来随着异性联姻，有了亲戚间的流动和迁徙，成为以族姓为主的多姓氏混合居住地。至今，他们居住过的那些团、墩、灶、舍的前面，有不少仍然冠有他们的姓氏，他们和那些村庄一起，一度成为在这块土地上一道独特的风景。

当时在这块土地上，团、墩、灶、舍之间，还有许多同步诞生的寺庙。比较出名的有七灶的龙王庙，陈家团和瓜蒌团之间的祖师庙，西团的晾网寺，戚家团的云齐庵。虽是筚路蓝缕，却有佛光普照。这些佛教领地的存在，如果说是一种信仰的见证，那么，是否可以说，信仰这种东西，如果一旦形成，绝不会随着人生的际遇而轻易改变。有信仰支撑的人生，不会轻易倾颓。

现在故乡的土地上，公路纵横交错，横平竖直的民居，井然有序，几无二致地排列着。风光了几个朝代的范公堤，剩下被作为标本保留的极短的一段，其余都融入204国道的路基。高速公路、高等级公路越境而过，现代化的海堤，随着港口建设的发展，如同一条绿色的巨龙，于海潮奔涌处凌空而起。只是团、墩、灶、舍，所有的村庄，寺院庙宇，都已被历史的大潮荡涤得不留痕迹。所幸记忆还在，尤其是二十世纪八十年代之后乡村建制的恢复，使许多老地名在消失数载后又重新得以回归；对于渐行渐远的故乡，这是能够辨别地面方位的、闪烁在高远天空的温馨星光。

2016.1.29

闲唠旧事说分家

如果说家是一个很温馨的字眼，那么分家便多少带点儿残忍。而且在我看来，做父母的即使把自己的孩子从家里分了出去，难道父母的家就不是孩子的家？反过来，难道孩子的家就不是父母的家？父母和儿子之间的那种血脉相连的关系，岂是另立一个门户便可断开？

但旧时农村人家，确是这样。一旦分家，便各自一方天地，各房点灯各房亮。分开的两个家庭，见过一家吃饭，一家喝粥，也见过一家忙碌，一家清闲。当然，也有互相间的扶持和帮助，但那得看心情，看"两家"之间的相处是否融洽。总体上说，都有自己的活儿，都有自己做不完的事情，即便一方有心帮助，也难免无暇、无力相顾。于是，各人自扫门前雪，成为经常的风景；援手相扶助一把，算是得便时的亲情回归了。

有精明的父母，在儿子一结婚后，就把他们从大家庭里分开去。有经济实力的，给他们准备好一处或大或小的房子，让他们婚后即另起炉灶。条件不怎么好的，就把原来共有的房子，隔开一间，再因势就便，在给儿子的房子旁边搭起一个灶间，就是另一户人家了。还有条件更差的，分了家，但还如原来一样共住一处，只是分了口粮，将原来两间灶的"口锅"和"里锅"各归一方。父母主动把成了家的儿子分出去，不知和小时候见过的水牛妈妈用身子把牛犊子朝水里推是否一样，是逼着孩子长大。

但也有许多家长打自己的小九九，给儿子准备房子，办喜事，都用去不少钱，有些甚至是举债而为。一下子把两个大劳力分出去，有点不舍，想拢在一起过上几年，让小俩口为大家庭作些贡献。也有一些家长，对儿子不放心，想搂在怀里再往前带带。但这样的父母，一般都老道失算。年轻人嘴上不说，心里却巴望着离开，一来有自己独立的生活，二来好早点经营起属于自己的家业。于是，行动上便表现出那种混吃大锅饭的慵懒和消极。结果自然是分家，只是这时的分家，比起媳妇一进门就分家，多了许多隔阂和不愉快。

无论是什么情况的分家，也不管分的是穷家还是富家，既然牵涉到财产的分割，父母亲和儿子儿媳，作为当事人的两个方面，必须请出第三方作为裁判和见证。儿子的娘舅在这个时候，都会以舅爷爷的身份隆重出场。之外，还有最基层的生产队干部，也一定到场，因为他们要建账立户，将原来的一家分开核算。这样，通常得由父母出面，办一桌酒席，算是对请来的客人的款待，也算是分家的一个仪式。不过，对于舅爷爷，这一顿酒席常常不好吃。父母和已结婚的儿子分家，因为父母的儿子不止一个，所以，实际上是弟兄之间的分家。所以，舅爷爷在做裁判的过程中，难免会得罪某个外甥，因此而伤了感情，从此不相往来的，为数不少。

天下之势是分则必合，合则必分，但农村里儿子结婚后的分家，却是有分无合，渐行渐远。儿子和父母，因为具有特殊的权力与义务关系，所以即便分家，还有割不断的联系。但弟兄之间，一旦分家，便是各过各的日子了。兄弟阋于墙的或许只是个案，但分家之后，各人有各人的一方天空，一张床上睡觉，一口锅里吃饭，一个口袋花钱的手足之交，大多成为回忆中的剩暖余温。

  分家三年不见天。分家确是一种动力。分家之后，年轻一方由原来在家庭中的从属地位变为家庭的主角，精神面貌焕然一新，活力开始迸发。他们分家伊始，便开始制定小家庭的发展规划和目标，披星戴月，克勤克俭，为过好自己的小日子而任劳任怨。因为分了家，小夫妻俩常常能够得到来自女方家庭的帮助和支持，这就加快了小家庭的发展。这个过程中，小夫妻会有自己的生儿育女，所幸那时哺育孩子的成本很低，一般孩子满了月过不了几天，就能送到生产队的托儿所，出工的时候，年轻的妈妈中途到托儿所喂一次奶，到下工时接回家，朝摇篮里一丢，照样做该做的事情。不是那时的爸爸妈妈们有多能干，是他们心里憋着一股劲，不为别的，只为过得不比那家子差！

  二十世纪八十年代之后出身的孩子，基本上是独生子女，分家对于他们，已经毫无意义，尤其是生一个女孩子的家庭，就更不具备分家的可能性了。自然，分家所可能产生的许多利益纠葛，不会滋扰他们，分家所派生的家庭内部的角逐和竞争，他们也无缘感受。这样，父母的帮助便成为天经地义，这样，他们所遇到的角逐和竞争就直接进入社会的层面。不知他们自己怎样看待这些问题，在我，倒真的有点为他们缺少分家的历练而深感惋惜。

2016.1.25

村郊夜雨时

　　夜幕降临，雨帘渐密。淅淅沥沥的雨声，从关着的门窗的缝隙，溢进屋里。这雨，没有电闪雷鸣，不伴风动树摇，隔断尘世的喧嚣，兀自不紧不慢，安静而从容地下着。

　　记不得什么时候这样亲近地融入雨中了。住在16楼，窗户都是双层玻璃，有很好的隔音效果。白天黑夜，邻近的高架路上汽车发出的噪音，空中漂浮的尘埃，均被挡住。这当然极好，可是，因此错过不少对雨的聆听和感知，却让我怅然若失。晚上睡觉前，天浑着，要下雨的样子，早晨起来，才看见雨丝横斜，路道上有明晃晃的积水，小区里的树木花草，都泛着被雨水淋洗过的清幽的光泽。知道下雨又能怎样，雨丝从眼前落下，悄无声息，看不到它投入大地怀抱的欢欣跳跃，也听不见它和大地亲密接触时的喁喁私语。这雨，可以淋湿大地，但无法滋润心灵。

　　如愿以偿。回老家看望叔叔，车子停在公路边一个亲戚家的场地上，从田埂般的小道上走十几分钟，到了叔叔的家，也是到了还没有被城镇化的最后一片乡村。公墓，土地庙，小河边蓬生的杂草，池塘里的莲藕，系在水边的小船。最关键的是，在这个初冬的晚上，竟然有声有色地下起雨来，熟悉的雨声，熟悉的场景，让我倍感温馨。

吃好饭，叔叔他们在前面的屋子闲聊，我一个人来到北屋，躺倒婶婶为我铺好的床上。我关掉开着的灯，用心聆听难得听到的雨声。淅淅沥沥，滴滴答答，我听不到铁马冰河，梦绕中原，也听不到山色空蒙，采莲船湿，我却听到被雨打湿的无边的旷远，听到雨丝般绵长的时间隧道里传出的许多熟悉的声音。

那是外婆声泪俱下的哭泣。虽然是午后，但因为下雨，屋里光线很暗。在靠近门口的地方，有一张长方形的小桌，桌上放一个被时光浸染成青黑色的针线匾子。外婆坐在桌子的一边，带一副花镜，慢慢地缝补着衣服。外面的雨越下越大，雨点从门洞打进屋里，外婆把桌子朝里面拉拉，继续她手里的活儿。她先是抽抽噎噎地，不时用毛巾擦一下流出的眼泪，后来索性丢开手里连着针线的衣服，大声地哭泣起来。"我的苦命的，你到了哪里。你知道我有多苦，你怎么不把我带去"。她是在向死去多年的外公倾诉内心的苦闷。

外婆平时很木讷，说话不多，但一旦哭起来，便有了滔滔不绝，能把许多过去的事情，完整地叙述出来。我对于她的身世的了解，她在我对她有了记忆之前的许多事情，大多是从她在这样的场合，以这样的方式的叙述中得知。她7岁到外公家做童养媳，每顿饭之后，要洗刷锅碗，够不到锅台，就用一张凳子垫脚。最让她毛骨悚然的倒不是疙瘩大的年龄，就要做没完没了的家务，就要参与田间劳动，而是在婆婆严格监督下的裹脚，一双正常人自然长出的脚，愣是被裹着缠着，弄成畸形而后罢。为此，她不知流了多少眼泪。她自己的家离外公的家也就三四里路，但不能回家，只能一个人偷偷地站到屋后，对着家的方向嘤嘤地哭。及至后来和外公圆房，又坠入更大的不幸。她生了九个孩子，先后夭折了八个，只留下一根独苗，便是我的母亲。母亲十四岁时，外公就死了，那时外婆已近60。外婆后来迁居我家，和女儿女婿，和我们一起居住，日子比她一个人时要相对好些，但只要下雨，她总免不了要陪着老天一起落泪。而她哭的时候，弟妹尚未懂事，爸爸妈妈多不在家。我在一旁拉着她的手，喊几声外婆不哭，然后，便莫名其妙地跟着她一起哭了起来。这时，她会抹抹眼泪，由有声的诉说进入无声的抽泣。

爷爷正好和外婆相反，每到下雨，我常常能听到他的说说唱唱。在二十世纪六十年代之前，农村里基本上还是停留在"石器时代"，粮食加工全靠推磨和舂碓。到了六十年代后期，有了电力碾米，再后来，有了磨面机。但舂碓和推磨，一直到七十年代末，还在许多地方被保留着。舂碓，只是要过年时，为了准备做年糕的米粉，才需要做的事情。但对日常下锅的口粮进行加工，却使推磨成为正常的需要。下雨的时候，不能下地，这便是推磨的最好时光。磨子由底座、磨盘、石磨、磨杆几个部分组成。石磨分上下两扇，底下一扇固定在磨盘上，上面一扇套在底下的磨蒂上，推动磨杆，磨子便转动起来。推磨通常是三个人的活儿，两个人推磨，还得有一个人扶磨。说是推磨，其实是不停地一推一拉。扶磨的站在靠近磨盘的磨杆的一侧，右手不停地朝磨眼里添加粮食，左手扶着磨杆的前端，保证磨子能平稳地运行。我们家推磨，爷爷总是主力，我经常做他的帮手，一老一小，并排用力。扶磨通常是妈妈或者外婆的活儿。爷爷不和我们住在一起，但推磨，却是他不请自来的"客串"。

爷爷一抓住推磨的横杆，推不了几圈，便开始唱书。《薛仁贵征东》，《十把穿金扇》，是他的保留曲目。以唱为主，辅之以说白。唱的曲调似乎就那样几种，无论所唱的故事是喜是悲，他总是唱得那样若无其事，确如在叙述与他毫不相关的事儿。念白也是这样，不慌不忙，慢慢道来。陶文斌陶文灿，胡家三鬼，就这样进入了我最初的记忆。除了推磨的时候，爷爷很少唱书。有个喜欢听他唱书的邻居，到了下雨天，就来我家串门，然后就主动帮着推磨。为此，我讨巧不少，我能够不用推磨，搬张凳子坐在一旁，轻松地听爷爷唱书。爷爷过世之后，我还推过几次磨，但石磨一转悠，就有一种晕车晕船的感觉，似乎悬挂磨杆的屋梁，都在随着石磨的转动而晃荡。

其实，爷爷家境也非常贫苦，一生历经坎坷。弟兄四个，他排行老三，老大很早就外出给人家做长工，老二一生未娶，老四是老幺，比他小八九岁。一个二十余人又穷又大的家庭，主要靠二爷爷和他操持。成家之后，原配暴病身亡，留下一个孩子没过满周岁。后来续弦，娶了我的奶奶。他和外婆的截然不同，不仅是男人和女人区别，还有性格之中的坚韧，那种不为艰难困苦屈服的通达和乐观。最能表明他的性格的，是我的父母亲因为我和弟弟的淘气和"偷懒"而对我们絮絮叨叨时，他总是说：牛大会耕田，船到桥头自然直，懂事了，就会好的。其实，好或者不好，又怎样呢，如果有了和爷爷一样对人生苦难的看淡，有了对世间事的通达和彻悟，不好，也能活出自己的光鲜。

不知什么时候睡着，狗吠声把我吵醒。叔叔也睡到我的床上了，他告诉我，这是有人用强光灯捕鸟，狗见了强光，总要叫上几声。

狗不叫了，淅淅沥沥的雨声，又在四处弥漫。

2016.1.11

家有宠物一头猪

　　时下流行养宠物。但凡有点钱又有点闲的，都以饲养动物为雅好，而且，饲养的动物的品种也由原来的狗啊猫的，扩大到羊羊、兔兔、龟龟什么的。但他们养宠物，都没有我的外婆早。只是我的外婆养的是一头猪。猪八戒虽然挺招人喜欢，但猪却常常被用来骂人。猪的食量大，邋遢，稍微挨点饿，便会拱地三尺，非常不好伺候。但外婆那时确凿是养了这不受待见的家畜。

　　外婆竟然把它养在家里，使它成为一头"门堂猪"。那时，普通乡下人的房子，都是功能合一，是卧室，是厨房，是餐厅，是库房，是起居间，亦是会客的处所。一进家门，首先见到的便是连房灶，离灶不远，放一张长方形的餐桌，之外是柜子、床，是用笆或帘子隔开的房间。这种结构的房子，缺点不少，但有一个特出的优点，就是吃饭方便。饭菜做好装到碗里，转身就能端上餐桌。所谓吃着碗里，看着锅里，便是这种连房灶所独具的方便。吃完饭收拾锅碗瓢盆，也是一转身的事儿。但偏偏在吃饭的地方让一头猪哼哼着，该有多倒胃口。

外婆的家住在三十里河边上，两间低矮的茅草屋，正是那种标准的多功能房子。我知道猪和"家"的不解之缘，但每每想到猪圈的肮脏和不堪，想到外婆有那么长的时间和猪共居一室，总有一种极不自在的感觉。我曾问过母亲，外婆为什么要在那样拥挤、狭窄的空间里挤出一块地方养猪？母亲说，外婆也是没有办法。外公亡故早，她作为唯一被父母养大的孩子，和母亲相依为命。后来她出嫁了，外婆实在不堪忍受一个人的孤寂，在田间劳作之外，便年年养猪。有一间猪圈，她在里面堆放柴禾，把猪养在家里。用这样的方式，外婆至少养了不止十头猪。每年春节后，从集市买回一头七八斤重的小苗猪，养到腊月初，苗猪长成100多斤，会有做生意的主动上门收购。一头猪去掉买小猪、请兽医骟猪的成本，也就赚个几十块钱。但这几十块钱，对外婆来说，却至关重要，她的人情交往，包括偶尔在我和弟妹们身上花点小钱，这每年的一头猪，便是唯一来源。

母亲还和我说，外婆其实是个很爱干净的人。一条白色的毛巾，用成纱纱，她都能让它洁白如新。她虽然把猪养在家里，但家里竟然没有一点臭味。天热的时候，她每天都要把猪牵到外面，用凉水给它洗澡。天凉的时候，外婆每天都要用篦子给猪梳理身上的毛。最重要的，是外婆把猪驯养出良好的卫生习惯，猪从不在家里拉撒。它要拉撒了，就对着外婆直叫唤，外婆心领神会，把它牵到外面盛放垃圾的灰堆旁，然后轻松回屋。

猪养久了，居然也很通人性。白天，外婆家的门从来不关。外婆出门，猪会把外婆送到门外，外婆回家，它会像狗一样摇动尾巴，嘴里发出嗯嗯的声音，像要和外婆说话。外婆怕响雷，遇到雷雨天，就拿个凳子，坐到它的旁边。它乖巧地靠近外婆，侧卧一旁。现在想来，外婆每年都要养一头猪，其实，在贴补家用之外，她真是把猪们当作宠物来

119

养的。

　　但是后来外婆不养猪了。母亲说,她是实在不忍看来买猪的人把猪拖走时猪嚎哭着不肯离开家的场面。

2015.6.13

小桌矮凳晚餐香

准备吃晚饭了,叔叔把烧好的菜端上俗称大桌子的餐桌,婶婶关上门,开灯。我忽然想起叔叔堂屋房间里那张一直闲置着的小长桌,长一米上下,阔六十公分左右,高六七十公分,用四条腿撑起的那种以前吃饭用的小长桌。我对叔叔提建议:我们把小桌拿出来到外面吃吧。

叔叔接受了我的建议,把小长桌搬到厨房和堂屋之间的天井里,与小桌子配套的几张矮凳也被找出。我们老小三代五个人,围着这久违的小餐桌,开始吃晚饭。

才六点半不到。夕阳西沉,晚霞如画,淡淡暮色缓缓降,夜幕欲闭犹未合。昨夜刚下过一场透雨,空气特别的清新。蚊子还未出窝,轻风不时吹过,凉爽舒适,自在宜人。不说吃饭了,就在这样的环境里坐着,都是很奢侈的享受。

十几岁的时候,每到夏季,晚餐大多在家门前的场地上吃。一般下午四五点钟,学校里就放晚学了。我回家后第一件事就是放上一锅水,煮粥。粥煮好了,打扫门前的场地。之后,自个儿钻进长桌的底下,把它驮到门外的场地上。接下来把粥装到比面盆还要大的头盆里，端上外面的长桌。把碗拿出，把粥一碗碗盛好，放在桌上凉。有时候，到田里摘来梢瓜，腌制成瓜菜，有时候会根据爸爸妈妈的安排，炒一碗蚕豆，更多的时候是从罐子里掏出一碗咸菜、罗卜干之类的东西，这些下粥的小菜准备好了，也都端上长桌。爸爸妈妈从田里下工回家，便开始吃晚饭。家家都是这样。有的人家没有能够做饭的孩子，会有不能下地的爷爷奶奶在家，实在上无老、下无小作为帮衬的，一般中午多煮一些，留着晚上到家吃。这样，每天傍晚的这个时光，家家门前喝粥声，还有的端着粥碗，互相串门，这寒伧却不无暖意的情景，和当时的广播电台的联播节目，差不多一样准时播放。当然，也有非常麻烦的时候——天上突然下起雨来，各家都手忙脚乱地朝家里搭桌子，如果雨停了，还会再把桌子搬到外面。

婶婶催我吃菜，把我从回忆中搜回。我对婶婶说，已经二十多年不在外面坐小桌子上吃晚饭了。婶婶说，他们也难得在外面吃的，在家里吃就着锅子挨着灶，方便，暗了，开灯，热，就打开电扇。我说，下次来，吃晚饭我们还在外面。婶婶说，好啊——在外面舒服，你可要多吃一点啊。

回家的路上，一丝凄楚掠过我的心头。小桌矮凳，不只是乡下人祖辈相传的用物，在乡下人围着长桌矮凳吃饭的时候，城里人围着小桌矮凳吃饭的，也大有人在。可是现在，当城市高楼林立，农村住房条件得到改善，长桌和矮凳，便悄然退出了人们的生活。叔叔家的长桌还仍然留着，是因为两个快八十岁的年纪大的，出于怀旧意识，没舍得扔掉。大多数的农村家庭，长桌矮凳已经不能找到。不说在城市的蜂窝楼里无法在长桌矮凳上吃露天晚饭，就是在乡村，因为长桌矮凳的绝迹，在傍晚的霞光下，在清清爽爽的场院内或门檐外，想有一次和田园风光的最自然的亲密接触，亦是一件非常奢侈的事儿。

从户外到餐厅，从小桌矮凳到各式豪华的餐桌和餐椅，这是人类文明的进步。但我总觉得，人类在向文明不断迈进的过程中，总有一些东西不能丢失，比如简约和单纯，比如人与人，人与自然的和谐与融洽。

叔叔家的这顿晚餐，真的好香。

2015.6.24

外婆的月亮湾

腊月里，按镇上和村里统一规划，为外婆迁坟。

外婆的坟不大，是在原来的土坷垃上，浇上了一层水泥砂浆，然后，在一旁立了一块用水泥浇成的很薄的碑，一个简单的标记而已。

不知道阴阳先生为什么要把破坟的时间定这么早。五点半，天还没亮，几个"扶送"的砸开了外婆的坟，继续向地下刨掘，没用多少工夫，就看到了露出的棺材盖子。外公死的时候，被埋在离此地两里多的那块叫做月亮湾的地里。外婆死的时候，按习俗，把他从月亮湾迁到这里和外婆合葬。可是，当时用板皮钉成的棺材，已经腐烂。爸爸请木匠为他做了一个"喜材"，从土里找出骨骸，装到里面，埋到这里来了。所谓喜材，其实就是一个大的木箱。迁过来快50年了，在安放木箱子的地方，找到了两块竖着的木板，算是找到了外公的着落。

外婆的棺材盖子被撬开，里面竟然一点泥土没有进去。外婆以最简约的形式，躺在里面，头骨处两个凹陷的眼洞，似乎在用惊愕的眼神打量面前的这几个不速之客。她一定不认识我了，她无法把一个稚声稚气的孩子和面前这个两鬓斑白的人联系起来，如同我若非亲见，绝对无法把她和眼前的这一摊枯骨联系起来。

外婆的家紧挨30里河，两间茅草屋，屋子东面隔着几步路，便是行船的纤路，屋子的西北角，有一个厕所，露天的，不像当时大多数人家那样，有一个连着猪圈的棚子遮着。屋子的后面，隔着一条通向河边的小路，便是名闻一方的云齐庵。那一年，那个初夏的早晨，我一觉醒来，外婆不在身边了，便哭着从床上下来，因为屋前无通往别处的路，便从屋子的西山，走到靠近厕所的路边，对着北面的云齐庵大声哭喊：婆奶奶！婆奶奶！果然，外婆从庵里忙不迭地出来了，跐着小脚，大声地答应着：乖乖，我回来了。她是到庵里敬香的，那天是阴历的初一，但凡每个月的初一月半，她都要去那里敬香。外婆走过来，抱起我就朝家里走，嘴里不停地叨叨着：一件衣服不穿，要着凉的。

后来不知是什么时候，外婆住到了三四里之外的我们家。外婆一共生了9个孩子，但是先后夭折了8个，夭折的孩子活得岁数最大的是15岁，是到30里河中摸河蚌淹死的，其余的7个都没有活过10岁的，最小的几个月就死掉了。妈妈是外婆的最后一个孩子，用外婆的话说，捧在手上怕摔下，含在嘴里怕咽下。10岁了，没有别的孩子高，面黄肌瘦，三天两头的心口疼。疼的时候，外婆在一旁陪着流泪，外公坐一旁闷着头抽烟。外公走过来，把一根点着的烟塞到妈妈的口里：孩子，吸几口吧，抽抽兴许会好点的。在尼古丁的刺激下，妈妈的心口疼真的好些。后来只要妈妈发病，外公就给它吸烟。外婆对外公说：不能啊，你会害了她，吃上瘾，将来怎么好！外公说：别怕，月亮湾的那几亩地，就给她留着买烟吃。后来烟瘾是吃上了，但吸烟对心口疼已毫无作用。母亲的这个病，一直延续到外婆去世之后10多年。一次，又发病了，我和父亲一起和她到县人民医院治疗，诊断为胆石症，做了胆囊切除手术，才得以根除了困扰她40余年的疾患。

外公在妈妈14岁那年，一场大病，便撒手人寰，丢下了外婆和他唯一的孩子。外婆用薄板做成棺材，把外公安葬在月亮湾那块准备留给妈妈买烟吃的地里。孤女寡母，相依为命。20岁那年，妈妈嫁给了父亲。童养媳出身的外婆，娘家就是我们这个村子的。一次，外婆回娘家的时候，爷爷托人为爸爸说媒。尽管外婆家很贫寒，但我们家比外婆家还穷。可外婆念着妈妈身体一直不好，嫁到自己的外婆庄上，亲戚、熟人多，可以得到照顾，就答应了这门亲事。妈妈嫁到我们家不久，外婆年纪渐大，妈妈每次回家，她都哭哭啼啼，妈妈离开，她痴痴地站在河边，看着妈妈走上河堤，走过月亮湾，直至消失在她的视野。后来，爸爸妈妈商量，把她接到我们家一起居住。外婆的房子被卖了60元钱，爸爸用这个钱，把我们家原来的两间茅草房，拆掉重新扩建了一下，依旧是土坯草盖的房子，但比原来宽敞多了。我猜想，那时爸爸把外婆迁来我们家，一定也有经济上的筹划——没有外婆的两间房子，我们家的住房条件在当时绝对无法得到改善。

外婆没有了自己的家，和女儿女婿，和我们住在一起，也没有了原来的孤寂。父亲对她很孝敬，说话从来未曾有过高声，虽然生活清苦，但即便是粗茶淡饭，都会先尽着外婆。但在外婆的心头，总缠绕着对她原来居住的那片故土的深切思念。我清楚地记得，一有下雨天，她就会坐在挨着门的地方，不停地流泪，抽泣，念叨一些过去的事情，哀叹自己的苦命。外婆来我们家的时候，我五六岁，二弟和四弟，妹妹，我们姊妹四个的成长，都耗费过她的不少心血。那时，爸爸在村里工作，妈妈在地里做活，她在家里，除了照料孩子，还要兼做炊事员。煮糁子粥，她总是舍不得把粥煮得稠一点，有时会稀得照见脸。这时，妈妈会责怪她，她坐在餐桌的一边，不说话，像一个做了错事的孩子，但以后再煮粥，依旧是稠不起来。

1967年的冬天，农历腊月十八，我和二弟睡在她的脚下。夜里，她不停地呻吟，喊我，要喝水。我起来倒一杯给她，她坐起来，喝掉一些，我把杯子拿开，她躺下，呻吟平和了许多。我继续睡觉，早上，爸爸起来，做一碗煮烧饼端到床前，喊她吃，她却不再回答。爸爸惊惶地喊我们快起来，然后又喊妈妈。"扶送"的请来了，把她从床上搬到地上。外婆的棺材和寿衣，在没有迁来我们家的时候，就已经备好。她不止一次地说过，30岁找不上婆娘，不怪父母怪自己，60岁没有棺材和寿衣，不怪儿女怪自己。有一年月亮湾的几亩地收成好，吃用之外有些盈余，她就把这些东西都备下了。在这个寒冷的冬季，这些东西终于派上了用场。

外婆一直念叨，她和外公对不起妈妈。因为月亮湾的几亩地，后来归了集体，留着给她吃烟的许诺便落了空。她要妈妈在她死后，把她埋到月亮湾，和外公葬在一起，说是要守着那片曾经是自己的地。爸爸和妈妈当时都答应的，可是当外婆真要下葬的时候，村里已经在原来的一片滩地，统一规划了公墓，任何人不得再占用耕地在别处建墓。这样，外婆就被埋到了这个刚被刨开的地方，外公也从月亮湾迁来。

忙了一个上午，外婆和外公的骨殖，被用红布包裹着，放入几里路之外的另一处新的鸡窝大小的墓穴。四角方方的水泥构建，密密匝匝地挤在一起。在墓顶的一边，横陈一块新的墓碑，上面写着：先考陈义生，先妣陈喻氏之墓。外婆其实没有名字，姓喻，嫁给了外公，便成了陈门喻氏。

2015.3.2

到乡下"大扫荡"

星期六,去乡下老家看叔叔婶婶。怕老人烦神,不敢提前告诉,只是在从家里动身时打电话告诉了他们。电话里我对叔叔说,不要准备什么,多烧点饭,像平常一样随便吃点什么就好了。

可是,我和家属带着孙子赶到的时候,叔叔和婶婶已经把忙好的菜端上餐桌了:红烧鱼,煮牛肉,炒鸡蛋,青菜炒香菇,还有我最喜欢的卜页烧白菜。婶婶说,没东西吃——怎么不早点打电话,没来得及上街买菜。

我和叔叔对酌。叔叔76岁了,喝酒比年轻时略有减少,但酒量仍比我大。叔叔说,今天爷俩不多喝,一瓶结束。见我为难,叔叔说:"我多点,你少些。"最后,"任务"是完成了,可我吃好便上床休息。一觉醒来,已是四点多了,问婶婶叔叔有没有睡觉,婶婶说,他出去碾米粉了,晚上和面,明天早晨做饼吃。正说着,叔叔回来了,电瓶车上放着一个大口袋,挺沉,我过来帮他扶车,叔叔不要,很轻松地把车子推进屋里。

吃晚饭的时候,叔叔又拿来一瓶酒,说:"晚上少喝一点,喝多少算多少"。我酒意未消，头还有点疼，说："叔叔你自个儿喝，我不能喝了。"叔叔还要劝，婶婶说："你能喝自己喝，不要叫细的喝了，他脸还红着呢"。不止一次了，在叔叔家喝酒，但凡叔叔或其他兄弟劝我喝酒，婶婶总及时地为我解围，在她的眼里，我永远总是"细的"。

  吃好晚饭，婶婶开始和面。婶婶说，米粉加干面，做起饼来既有粘性又耐咬嚼。但米粉需先用热水烫出七成熟，等凉了以后加入干面，加少量的水，加入"酵子"，和匀拌透，控制好温度，焐好。早晨起来再加入一些干面，再发，然后加食碱，就可以上锅做了。婶婶说，现在夜里时间长，所以温度不能过高，过高了发得快，夜里就要起来做了。把温度弄低一点，早晨起来，正好做出来吃早饭。婶婶像个一边板书、一边讲题目的老师，一边手里不停地和面，一边向我们讲述她做饼的技艺。我问：会发不起来吗？叔叔插话：不会的，你婶婶做过不知多少回了，从来没有失过手的。

  果真，第二天七点半，我一起身便闻到从厨房飘出的饼香。到厨房一看，婶婶已经做了两锅子饼了。叔叔在灶膛前烧火，婶婶用勺子在朝锅子里舀发好的面。一锅舀7—8个饼，以锅底为圆心，成发射状向锅的上部散开。面舀好了，婶婶盖上锅盖，待到锅里有水蒸汽滴下，发出嗤嗤的声音时，婶婶说，熟了，然后揭开锅盖，用铲子把饼从锅里铲出。

  玉米糁儿粥，婶婶现做的饼，这顿早饭吃得舒心爽口。早饭之后，婶婶和叔叔继续做饼，她和了两大盆面，才做了一盆的四分之一。我说：婶婶和的面太多了，得做到中午呢。婶婶说，不忙，慢慢做，难得做饼的，天气冷，又不会坏，做起来总要吃上几天的。

  再做饼的时候，我叫叔叔让我烧火。40年前，烧火是每天都要做的事情。20年前，烧火是偶尔为之的事情。但自从进了城，烧火就成了一种记忆。我坐到灶膛前当凳子用的木墩子上，用火叉在灶膛里轻轻一拨，原来悠着的火苗一下窜起，许多过往的记忆也像这火苗一样在心中跃动起来。灶膛前的这块空间叫锅门口，堆放着从草垛上抱来的黄豆荄子，靠手边的是软软的稻草，婶婶特地用它烧火做饼，是因为这种燃料能燃出做饼需要的文火。小时候烧火，最不喜欢的就是稻草，需要不停地朝灶膛里填塞，还要用火叉不停地撩拨，烧一锅粥，比用豆荄或棉花荄多出近一倍的时间。

"快熄火，糊啦！"婶婶在锅上大声唤我，才知道我不经意的几下拨弄，把火烧得嫌旺了，赶忙塞入一把稻草，用火叉压住，火势便得以遏制。然后，待到火苗快没有的时候，松一下火叉，再压，再松。婶婶开始表扬，说我有耐性，还没丢掉烧火的功夫。

在我烧火的时候，宝宝走过来帮忙，也拿草朝灶膛里送，我怕他烫着，就接过来，再送进去。二十多年前，我也曾在婶婶家烧过火，也曾有过一个这么大的孩子偎在我的身边，帮着朝灶膛里填柴禾——那是我身边的这个孩子的父亲，从儿子到孙子，一代人的时间，恍如瞬间。

叔叔继续烧火，我带宝宝到外面看炊烟。叔叔家的厨房，檐墙只有两米多些，烟囱出在屋脊和檐墙之间的斜面上，刚过屋脊的高度。灰白的烟从烟囱里冒出，顺着风势，袅袅地飘向高处，便浸漫在昏黄的天空里，空气里飘出淡淡的烟火的味道。我朝远处的人家看去，好多人家的屋子上还留有烟囱，但虽然已是做午饭的时候，却看不见一缕炊烟。回屋里问叔叔："怎么看不到人家烟囱里冒烟？"叔叔说，只有像他们这样年纪大的，才用土灶，烧柴火做饭，年轻人嫌麻烦，都烧煤气灶；像豆荄、棉花荄都是很有火力的燃料，不烧掉就是烂掉，烂掉的汁液流到河里，还会造成污染。所以，虽然家里早已有了煤气灶，但他们只是偶尔用用。

叔叔和婶婶都快八十岁的人了，当他们这一辈人走完自己的人生，这祖祖辈辈绵延不绝的炊烟，是否会和他们一起消失在历史的天空？初冬的天，还不怎么冷，但我的心中有一股凉凉的寒意。我拿出手机，对着叔叔家的烟囱的方向，揿动快门，这从黑色的烟囱冒出的灰白的精灵，在相机的芯板上，也在我的心里，定格为一种凝固的记忆。

午后，我们离开的时候，叔叔和婶婶把我们一直送到几百米之外的停车的地方。叔叔从他的电瓶车上拿下两个塞得满满的蛇皮袋，里面有还带着余温的饼——婶婶和那么多面，原来是为了我在吃饱之后的捎带，还有大蒜、萝卜、青菜。我说给得太多，婶婶说，慢慢吃吧，吃不掉送给邻居家尝尝，城里人很难吃到这些新鲜的东西的。

我们的车子离开的时候，叔叔和婶婶还站在那里，看着后视镜里两个老人愈来愈小的身影，愧疚和不安充塞我的内心。哪里是来看他们——一吃还一带，这真是下乡"扫荡"了。

2014.11.5

第五辑　近在天边

和灵魂握个手

  早年读张贤亮的《灵与肉》，就是那个后来改变成电影《牧马人》的小说，许多情节都已淡忘，但关于灵与肉的概念，在我的脑子里却从此明晰起来。人是灵与肉的统一，但它们可以携手，亦可以各自游走。它们如同隐藏在林荫深处的小道，时而契合，时而分离，有趣地领着人们走向不同的去处。

  法国思想家帕斯卡尔的名言：人，是一枝有思想的芦苇。不是吗，如果人不能思想，其实连芦苇都不如的，芦苇毕竟有自己的秋枯春绿，而失去思想的人，何异于脚下的一抔黄土？生命虽然像芦苇一样脆弱，但人却会因为拥有思想而同其他动物形成本质上的区别。

  思想始于娘胎。诗人刘炜在乘公共汽车时，看到一个怀孕的妇女，不由想到自己的母亲，想到母亲说过他那时在肚子里很不老实，总是喜欢动来动去，进而把车上的自己想象成一个盘坐于母体的胎儿，试着用脚蹬踢公共汽车，然而汽车却没有任何反应。读后钦佩不已——需要怎样的天才，才能产生这样的联想，踢出这惊世憾俗的一脚？母体中的婴儿，既已脚踢，便有思想。如果说，西哲帕斯卡尔让我知道了人之所以为人，是因为思想，刘炜的诗则让我知道了"人"还是没有走出"车间"的半成品时，那个叫做思想的东西已经抢先亮相。时下流行的胎教，似乎也可以对此作出佐证。

思想终于死亡。父亲弥留之际，乡里的几位领导来和他做最后的告别。然而，父亲已经再也无法睁开他的眼睛。让我想不到的是，他的眼皮倏然动了动，然后清晰地说出一句"你们会好的"话来。我不能确定这最后的祝福是否就是说给站在他身边的领导，但能够确定的是，思想是可以延续到生命的最后一刻的。当然，也有例外的情况。有的植物人可以有几年甚至几十年的存活，但在我看来，既是"植物"，大概也就是一株长在水边的普通芦苇了。

思想因人而异。思想不仅使人而为人，同时，也使人具有千差万异和千姿百态。从肉的意义上看，白种人和黑种人，东方人和西方人，即便是男人和女人，无非就是一大堆元素的大致相同的组合，他们之间微乎其微的差别，甚至可以忽略到不计。但从灵的意义上看，人的个体之间的差异，有云壤之别，有时大得超出我们的想象。世界首富比尔盖茨，将全部财产580亿悉数捐赠慈善事业，不留一分一毫给自己的子女。国家发改委前高官刘铁男，贪污受贿，涉案金额超过1.5亿。高贵与低俗，伟大与渺小，因着灵的差异，形成让人震撼的对比。

听一个朋友讲他的同学。某日，朋友参加一个饭局，其中有一位旧时同学。比较念旧，朋友撇开长字号的人物，先敬同学的酒。朋友一口饮完，他的同学却坐着不肯响应，用一句今天身体不好搪过。官都不限病人，而况喝酒，朋友自然不予计较。殊不知，那个长字号的人物连屁股都没欠一下，端起杯子一喊，朋友的同学竟然像弹簧一样弹起，把同学为他斟满的一杯酒一饮而尽。朋友说，他顿时血液上涌，仿佛被人抽了一记耳光。他这位昔日的同学，是本地的一家企业老板。朋友说，对老同学为人的势利虽有所耳闻，但媚态如此，还是让他感到惊诧。这种人的思想，充其量只是匍匐在地的一滩稀泥，猥琐到让人恶心的程度。

父母给了我们肉身凡胎，但因为思想，我们得以成为真正意义上的人。因为思想的优雅和高贵，我们有了人的体面和尊严，荣誉和骄傲。肉体容易腐烂，灵魂却可以穿越时空而不朽。

2014.4.18

烟雨迷蒙银子浜

来"中国第一水乡"周庄,一是看小桥流水,这是经过人力点化的自然风光;二是看古镇建筑,这是凝固的周庄历史。古镇建筑中,代表之作便是沈厅和张厅了。张厅相传为明代中山王徐达之弟徐逵后裔于明代正统年间所建,清初,卖给张姓人家,故称张厅。沈厅原名敬业堂,由沈万山后人沈本仁建于清代乾隆年间。张厅虽是周庄为数极少的明代建筑,但因为没有"故事",其名气止于雕梁画栋,庭院水榭。但紧挨银子浜的沈厅,却因为附会了沈万山的传奇故事,格外地引起游人关注和遐想。

沈万三祖籍浙江湖州,元代中期随父亲迁至周庄。关于沈万三巨富的原因,有说他垦殖起家,广辟田宅的,也有说他娶汾湖陆氏之女,得陆氏巨助而发迹的,再有就是因"通番"即做海外贸易而肥。当然,最简单的说法,是他家有一只聚宝盆。聚宝盆者,不明其发财缘由之臆测也。如果我们把前三者融合起来,就能大体知道沈万三为什么会富甲一方了:起于陇亩,成于经商,姻亲相助,精准投资,海外贸易,有此诸多因素,便具备了成为巨富的基本条件。

但不可忽视的是，沈万三得到了极好的历史"机遇"。沈万山致富的时间，主要是在元中期至元末这段时间。元朝取代宋朝，这是游牧民族对中原正统王朝的征服。原来宋朝的一套礼制法度，被蒙古铁蹄踢了个底朝天。对于大宋王朝，这是灭顶之灾。逐鹿之时，黎民百姓备受战争之苦，但建政之后，因为驭民之术尚未圆熟，因为"维稳"首当其冲，这就使民间经济的发展，有了一个相对宽松的环境。具有一定经济基础，工于经营的沈万三，恰逢其时，生意越做越大，财富越积越多，也就不足为奇了。况且，当时的社会经济发展，沈万山绝不是个例，如果没有社会的"水涨"，也就不会有他的"船高"。和唐诗宋词并列的元曲和元杂剧，堪称文学史上的又一座高峰，其之所以能形成高峰，其成因，和沈万山发财一样，都有非常重要的时代因素。

沈万山的成功，还离不开另一个人，他就是张士诚。张士诚盐夫出身，起事抗元后势如破竹，迅速占领高邮后，建立大周政权，自称诚王。占领苏州后，又改称吴王。张士诚能够在苏州经营十余年之久，和得到沈万三经济上的支持关系极大。沈最初对张士诚的支持，或许为大势所迫；张士诚作为草头王要守城掠地，必然需要强大的经济支撑，这自然地会把眼光盯上当地财主富翁。沈万三的精明之处就在于他能善解上意，对张士诚主动投怀送抱，慷慨解囊。割据一方，且一度降元的张士诚，对沈万三生意上的事儿，也是一路绿灯，尤其是开元代海禁之门，使他尽得"通番"做海外贸易之便。这使得沈万三的财富，迅速得以膨胀、增值。在权力和金钱的交易中，张士诚和沈万三结为关系密切的利益共同体。如果张士诚能长期割据苏州，沈的金钱王国，会有更广阔的前途。

问题是，当朱元璋消灭了另一支农民起义军劲旅陈友谅后，便开始了对张士诚的围剿。苏州城破，张士诚被押解南京后，自缢身亡。张士诚所控制苏州及浙江一带，不久便成为朱元璋大明版图的一统天下。作为张士诚割据政权的遗民，都或重或轻地受到了朱元璋的惩处，而沈万三作为当地的翘楚人物，尤其是他和张士诚之间的特殊关系，就使他遭受灭顶之灾成为在所难免。

　　比较通行的说法，是沈万三继续用对待张士诚的办法对待朱元璋，慷慨地给与钱财资助，为其修筑南京的城墙，以此讨其欢心。单看此举，沈万三就做得精明有余，审慎不足。你要效忠朝廷，可以把银子直接捐入国库，然后派什么用场，都和你没有直接的关系。赫赫然建城墙于帝都，这不是给自己建功德碑吗？朱元璋能接纳这份内心并不十分情愿的大礼，已经对其给足了面子，偏偏沈万三还不知趣，得寸进尺地要求拿银子为朝廷犒赏三军。你算哪根葱呢？朱元璋终于龙颜大怒，新账旧账，一起清算，没收家产，将其流放到三千里之外的不毛之地贵州。沈万三哪里知道，你纵有家财万贯，但那算你自己的吗，普天之下，莫非王土，率土之滨，莫非王臣。你的财产，不过是家天下的一个仓储，安分低调一点，先让你养着，张扬高调，得意忘形，立马拿下。富可敌国，这国，还不给点颜色看看？

　　现在的沈厅，是沈万三的后人建于其遭流放三百多年之后的清代。古语云，富不过三代，三百年经历了多少代？即便建沈厅者确是沈万三的血脉，这厅，和沈万三又有多少关系？周庄成全了沈万三，这里是他最初的发迹地，但走出去的沈万三，一如黄鹤一去不复返，六百年魂泊他乡。周庄人在银子浜给他建了个水冢，为其招魂而已。我倒真的希望他能魂归故里，如果能够归来，游荡于波光粼粼的银子浜畔，看这块浸润过他的心血与汗水的土地，他一定会对自己所作所为做出深刻的反思，关于财富的价值与意义，关于和权力的接触和交往，关于追求和放弃。虽然，许多事，他逃不脱历史的宿命，但是，和沈厅相距很近的张厅的主人，平凡得连姓名都没有留下，不一样有着自己安逸而真实的存在？

　　下雨了。站在沈厅前面，眺望银子浜，水面被雨点打出无数的涟漪。烟雨迷蒙——那是历史的泪光。

2017.4.7

难忘那些生命的颜色

想不到，在镇江金山湖边的一片草地上，在林立的楼群空隙处，竟然邂逅许多我曾经非常熟悉的野菜。——还是叫它们猪菜吧，因为它们那时基本不被人类食用，而只是被如我差不多大小的孩子们用刀子铲回，用作喂猪的主要饲料。所谓"挑猪菜"，"挑"的就是它们。

茅蒿子。这种植物有细长的叶子，捏在手里柔软而有质感。春初稚嫩的时候，无苔芯，及至夏末初秋，便从中间生出苔芯，渐至在中间长成一根圆柱，虽有绿叶簇拥，但我们在斩获它的时候，只是从上面撩个头儿，其余的不管不问，留作秋后被从根部割下，充作塞入灶膛的炊草了。

刺艾。叶子是浅浅的绿色，叶的四周有眼睫毛一般呈发射状的刺。挑刺艾时，得先用一只手小心翼翼地捏着它的某个安全部位，然后用另一只手拿刀子将其铲起。挑茅蒿子时，可以凑满一把，再朝篮子里放，但对于刺艾，只能铲一个，朝篮子里扔一个。尽管如此，手上还常常被它刺出血来。刺艾会长出蓝色的扁圆的花冠，及至绽放，黄白色的花絮，让蓝色消失得不知所终。当然，那时候，我想得最多的问题，是猪吃刺艾的时候，那该有一张多结实的嘴巴。

青麻。这是麻类植物的一种，如果能让其长到秋后，使其得尽天年，将秸秆浸泡水里数日，便可把白白的皮剥下，作搓绳之用。这种绳子，虽不及一般的麻绳结实，却绵软而极具韧性，比稻草、茅草绳"高贵"多了。但那时，青麻大多在稚嫩的时候，就被挑到我们的猪菜篮子里。青麻的叶子大且肥硕，还能做"手纸"用；万一手被刀子及利物碰破，用几片刺艾的叶子捣出汁液来，涂一下，再用青麻叶子包起，过一两天，伤口便安然愈合。

牛耳朵草。这厮叶大茎细，叫其牛耳朵草，是以牛耳朵状其叶片之形。名之为草，其形状却颇类于菠菜，只是叶子的颜色浅些，比菠菜阔大得多。因多长于路边，还有一个很雅的名字叫车前草。有一味使用频率较高的中药，叫车前子，便是牛耳朵草结出的种子。但我们那时用刀子铲下的牛耳朵草，和许多作为猪菜的其他草们一样，都非常鲜嫩，所以，对于这草的种子，未曾留意。几年前，我从乡下亲戚家的沟坎上，挖了一些带回家，当蔬菜炒了吃，果然味正口爽，大快朵颐。根据《说文》的解释，草之可食者，菜也。所以，"牛耳朵"被称之为草，是有点委屈了。

还有性喜攀附的鸡脚藤和兔子苗，有着白色乳汁的枯麻菜，不卑不亢的赖儿草，学名马齿苋的妈妈（读第三声）菜，今天，它们和我相遇在江南的这片傍山依水的地方，油然生亲切，宛若遇故人。而我记忆中的它们，还有许多，如猪痒痒，盘盘亮，野菠菜，卜页边草，等等，有不少我虽然记得它们的形状，却忘了名字，它们或生于荒野滩边，或长于沟头地脚，那时寻觅它们，每有相遇，总如获至宝。背满满一篮子猪菜回家，那是猪的希望，也是我的希望——猪的食物有了着落——将猪菜切碎，加些糠或麸皮，和上泔水，这是它们的美味；母亲看到我满载而归，会给一个灿烂的笑容，作为奖赏。

　　乡村的田野上，城市的缝隙间，凑巧还能看到它们随着季节的变化而静静地拔节生长，默默地衰败枯萎。说是凑巧，是因为看到已经实属不易。但凡灭草灵喷过的地方，它们便融入泥土。凑巧幸存的，也无人问津，任自生自灭。而猪们，也早已和这些绿色的饲料无缘，它们吃着由人类精心调制、以粮食为主体，添加了一定比例的化学制剂的精料，疯长着，把生命的长度，由原来的时以年计，缩短到时以月计，从幼崽到被人们端上餐桌，三个月便是一生。野菜告罄猪亦痛。

　　人们一边吃着猪肉，一边埋怨食之无味。这哪能怪猪呢，远离绿色"食品"的猪，怎能给人类生活带来清新和芬芳？其实，食之无味的岂止是猪肉？生命需要绿色的浸润，离开了绿色，所有的生命，都是乏味的。

　　难忘那些猪菜——那些生命的颜色。

2017.6.5

千墩难觅千灯灿

　　昆山访友，游千灯古镇。江南古镇中，千灯自有与众不同。

　　名字几经变化，增添了古镇的历史感。初为千墩，越两千年一以贯之。据《吴越春秋》记载，吴淞江畔有999个土墩，最后在昆山南三十里处，又发现一个，加一进千，便以千墩名之了。至清末，千墩被改为茜墩，据传是因为墩上生有茜草，一些文人雅士，便取音近之茜，取代了朴拙的土墩之"土"，古镇于是添了鲜活之气。二十世纪六十年代中叶，茜墩被改为千灯，应该说，这和苏州古城的十梓街成为红旗东路，和别处许多老地名被当时的热词所取代一样，是一次带有鲜明时代特征的改名。红旗东路又改回十梓街，但千灯依旧，因为墩、灯本来音近，以灯替墩，并不影响对历史的记忆。况且，一进古镇大门，两旁廊道里悬挂的各式彩灯，使千灯名实相副，自成一格。

　　小巷深深，石板路悠长，据说为苏南古镇之最。贯穿小镇南北的石板街，窄窄的巷子，条石横铺，石上走人，石下流水；遇到雨天，撑伞走过，能听到脚下有潺潺的水声。三里长的古街，顺着河势，有木梳背一样的弯曲；曲线并不能增添多少长度，但确实使小巷显得幽深、绵长。

古街傍水，但所傍之水，主要为千灯浦穿境而过，没有同里和木渎等古镇的水网纵横，却有它们无法比拟的水面开阔，气象博大。千灯浦又名尚书浦。宋元时期，寻墩或筑墩而居的吴淞江两岸，连年水患，百姓叫苦不迭。明永乐年间，户部尚书夏元吉奉令携太常少卿袁复治理吴淞江水系，千灯浦因便得以疏浚，百姓因水患消除而感恩戴德，为纪念夏元吉，便把千灯浦改名尚书浦。古街的民居之间，有许多通向河边的码头，站在码头远眺，但见对岸廊道临水，靠近廊道的面河人家，亦是白墙黛瓦；阔约五十米左右的水面，波光潋滟处，停泊着不少供游客租用的乌篷船。这种景象，使从历史深处走来的小镇，透出几分现代城市的大气。

桥是水乡的一大特色，但千灯的桥，不说在江南水乡，就是在全国，都当刮目相看。千灯浦东岸的方泾浜桥，因河得名，为明代特色；横跨千灯浦的恒生桥，桥名取高升不断的意思，为清代建筑；连接古街南街北街的鼋渡泾桥，得名于神鼋的传说，建于宋代。三桥联袂，意蕴深长，别有情致。和恒生桥一起横跨千灯浦的种福桥、凝薰桥，都始建于明代，前者几经修葺，后者二十世纪九十年代曾因河道拓宽拆除重建，但均保持了最初的风格，古色古香，和古镇浑然一体，为古镇锦上添花。

但凡古镇，都有声名或大或小的名人，为其增添光彩，铸入乡土之魂。千灯的顾坚和顾炎武，确是古镇的两个熠熠生辉的品牌人物。前者为元末明初戏曲家，昆曲的开山之祖，后者比先祖晚生近三百年，为明末清初杰出的思想家、经学家、史学家、音韵学家，与黄宗羲、王夫之并称清初"三大儒"。两人中，世人对于后者的了解，多于前者，而于后者，对其了解得较多的，便是那句"天下兴亡，匹夫有责"的格言了。在古镇南街的顾炎武纪念馆（顾氏旧宅），在昆山市区的亭林公园，凡有老先生塑像之处，这八个字都赫然在列。而其实，从老先生的一大段话中"取出"的这八个字,和老先生本来所要表达的意思,相去甚远。

原话是这样的:有亡国,有亡天下,亡国与亡天下奚辨?曰易姓改号,谓之亡国,仁义充塞,而至于率兽食人,人将相食,谓之亡天下——是故知保天下,然后知保其国。保国者,其君其臣肉食者谋之,保天下者,匹夫之贱,与有责焉(《日知录》)。瞧,说得多么清晰明白!老先生所言"与有责焉",相对的是一种超越国家的、既具体、又抽象的东西;说其抽象,因为它主要地属于精神层面,说其具体,因为它关乎每一个社会成员的一言一行。说得明白一点,如果社会每个人都不守社会公德,唯利是图,损人利己,国家虽在,但天下名存实亡;反过来说,社会的每个成员能从自身做起,从细微处做起,恪守社会公德,自觉地为社会的进步添砖加瓦,才有国家的强盛和民族的繁荣,才有天下之兴。梁任公出于当时形势的需要,将顾老先生这一段话缩减为八个字,应该说,其思想的深刻性,已经被打了很大的折扣。

顾炎武和顾坚,千灯的这两位同宗,他们一个遇上朱明王朝的开端,一个正逢其落幕。顾坚"精于南辞,善作古赋,元将领括廓帖木儿闻其歌,多次想招入启用,但他拒不屈从。顾炎武则是一直对南明小朝廷耿耿衷心,寄予重新振作的无限期望,即使南明彻底沦亡,仍然拒绝和清廷合作。这样的做法,虽然带有极大的时代局限,但其不向权势低头,不为利益所动,坚守自己信奉的道德准则的磊落之气,值得后世永久景仰。

千墩已难觅,千灯正璀璨。其实,能祛除黑暗的光明之灯,只要有一定的能量提供,点亮并不困难。然而,能够照亮一个或多个时代,能够祛除人类精神幽暗的思想之灯,倒是难得一见。千墩有幸,千灯作证,这一方神奇的土地,必将孕育更多的精彩故事。

2018.5.21

诗情几多染芳菲

　　清明节前回老家，刚刚安顿下来，便电话"花海农夫"潘春屏：明天来你这里玩。电话那头：欢迎，等你！农夫多次在群里邀请，欢迎群友随时光临他的园子，赏花、喝酒、聊诗。农夫的邀请虽未有特定指向，但我既在群中，便欣然应邀，主动出游了。

　　翌日上午九点半多些，我根据导航，和家属一起来到了丰收大地里面的"芳彩植物园"。农夫却不在家，"农妇"接待了我们，说：他去"荷兰花海"了，一会儿回来，你们先转了看看。这时，我有点后悔了：又不是休息日，我看似应邀而来，其实是别一种不速之客，给主人添乱呢。

　　可是已经来了，才不管这些，且尽兴观景赏花。我们在园里边走边看，访幽径，过花丛，登土丘，踏木桥，看花工劳作，听枝头莺语。池塘羡游鱼，木屋起禅心。浏览一圈，电话农夫，说来日机会一定多多，今天不必匆匆赶回，我告辞了。却见农夫接着电话，车子已停到了我们面前，连连招呼失礼，说一件事缠在手上，处理好才得以脱身。农夫个儿比我略矮，带着近视镜，头发和胡子都已遭霜侵雪欺——胡子比头发显眼，如他园里的花草，像是经过培育。我们虽从未谋面，却一见如故。接下来，在他餐厅对面的接待室兼活动室请我喝功夫茶。聊过一些在群里已经聊过的关于诗词的话题之后，又带着我们看他园子深处的小别墅，参观他的办公室和书房，介绍一些我们不熟悉的名花异草，为我们的走马观花补课。当然，更主要的，是讲一些与这些相关的他的亲历亲为，使我在感性之外，对眼前景、身边人，有了更为清晰的认识。

农夫和农妇都是客籍。农夫老家东台，跳农门却考进了农校，学的是植保，种花，也算学有所用了。农妇家在泰州，高考时以学霸考取赫赫有名的江苏农学院的畜牧兽医系。他们毕业的时代，大中专毕业生还实行统配。农夫分到了盐城，又分到了大丰的农业局系统，农妇则分到了泰州一个县的多管局系统，都属于大农业的范畴。在一个定量户口可卖到大几万元的当时，他们体制内人的身份，着实让许多人羡慕不已。但说来令人难以置信，他们为了解决夫妻两地分居的问题，竟毅然辞职，走上了艰难的创业之路。几经周折，他们遇上了大丰城东新区新上丰收大地农业生态项目的机会，便投标参与竞争，获得了这片一百亩土地的承租权，筚路蓝缕，在这里建起了芳彩植物园。之后，还在上海等地建立起几个规模更大的花草培育基地。不说眼前随处可见的各种花卉的娇艳多姿，也不说多处花卉基地成功的经营运作，仅就当初决定辞职下海的魄力，已让我对这对农夫和农妇感佩不已。

农妇来喊我们吃饭了。打我踏进这个园子，她招呼了我一下，就一直忙碌着未曾停息。食堂虽有炊工，但她是采买；几十个临时雇佣的花农，从早晨用车子从几十公里之外接来，到晚上收工后送回，工作分配，协调指导；小二子上学接送，功课辅导，这一切，都由她包揽总管。我透过日光和时光在容颜上对她的慷慨赠与，不难看出，这是一个外秀内慧、爽直利索的女人。至于她的能力，用不着我推测，农夫作为大名鼎鼎的荷兰花海的技术总监，大部分的时间都花在那里，家里这一大摊子，自然都成了她的作业与功课。夸园子管理的井井有条，夸花花草草的艳丽多姿，毋宁说，这是在夸为这些而不辞辛苦、不吝付出的女主人。对了，得说一下农妇的名字——颜桂龙。属龙，母亲生她的时候，里下河水网的某条河流的岸边、一间茅屋的外面，正秋风送爽，丹桂飘香。

  农夫在诗词群里引起我的关注，是他的快，尚在聊着的事情，倚马可待，立即写出贴出。譬如，才去理发，诗友陈兄和袁兄与之开玩笑，叫他把头发染一下，以成诗酒风流。他迅即在群里贴出："已剃头，未焗油，老夫何惧白了头。陈局座，袁老总，感谢鼓励已不愁。养花草，交花友，从来浇花不浇油。学吟诗，装风流，也就玩玩不强求。群中逗趣常常有，要是当真是混球"。再如，一次诗友活动之后，大家为感激组织者的辛勤付出，写诗表达心情。他信口吟出："百舸争流急，同心致远方；诗书呈异彩，春雨孕芬芳"。合辙押韵，张口就来，意蕴不俗之外，还巧妙地嵌进了某组织者的名字。

  农夫改诗的本领，也当刮目相看。别人写了贴出来的诗或词，他如自有所悟，便当即修改，重新贴出。用他自己的话说，是"本群数我胆子大，瞎改别人不怕骂"。这种率性而为的坦诚，比和稀泥的好好好，比不着边际的指点江山，要有实际意义得多。事实上，他改的不少诗句，确有见地，常常在群里引来喝彩和共鸣。"常因一字得嘉许，老脸开成一朵花"。改诗是一种思考，也是一种切磋，思考之后的切磋，是一种心灵的交流。无论是初学者还是功成名就者，都离不开这种相互间的交流。

  农夫的诗，虽如我一样不无"油味"，但写的是实在话，说的是真性情。我总觉得，一首带油味的有真性情的诗，一定比虽然有板有眼，格律上无懈可击，却缺少真情实感的夫子之作，更受人喜欢。诗词群群主、微刊《春夏秋冬》主编陈晓春先生写过一首七绝赞美农夫："花海农夫正理头，落笔成诗数一流，寄性怡情图一快，千古有名'张打油'"，赞赏之情，言出由衷。

吃饭。食堂有两个餐厅，一大一小。做工的花农们在大餐厅，我们在小餐厅。农夫和农妇，农夫的驾驶员及几个技术人员，我们凑成一桌。菜很丰盛，都是烧得极好的家常菜。我因为开车而来，不能喝酒，农夫倒觉得有点过意不去。我脸老皮厚地安慰他：这次来没喝酒不算，下次重来。几天后，果然来了——这是后话。

　　作别农夫，我的思绪一直在诗歌和花草之间徘徊。我想起了屈原《离骚》中的句子："余既滋兰之九畹兮，又树蕙之百亩"，诗人驰骋想象的翅膀，说他种了好多花草，然"虽萎绝其亦何伤兮，哀众芳之芜秽"，象征美好事物的花草之悲，是时代之殇，诗人痛不欲生，最后只能以死相抗。然而农夫的花花草草，却不需要借助想象，是春风里姹紫嫣红地展现在我眼前的现实情境，是从泥土里长出、用汗水浇灌出的美丽诗篇；而他的那些通过文字组合出的带有韵味的句子，则是他用心经营的另一种花草，色香俱佳，赏心悦目。

　　愿农夫和农妇的小园四季风景，芳彩不败！

2018.4.13

竹海深处"农家乐"

浙江长兴的竹海。"农家乐",不独长兴,在不少城市的边缘,在一些自然环境尚未被充分开发的地方,一些极具眼光的乡下人,利用自己得天独厚的资源,为城里人,为其他来自远方的客人,提供吃、住、玩一条龙服务。农家赚营生之利,客人得休闲之乐,互利相惠,各得其所。

四月中旬,我和同窗好友国强、俊峰等人相约结伴而行,到长兴县水口乡顾渚村"健优美"老罗家住了五天。四层别墅,每层有八个房间,设施齐全,干净整洁。午间和晚上两顿正餐,每顿都有十道菜,荤素搭配,绝无敷衍,且得农家菜新鲜、自然之味。早餐稀饭,配以水煮鸡蛋及馒头油条之类,再加上当地人自己腌制的榨菜,利落爽口。有棋牌室和卡拉 OK 歌厅,可以打乒乓和荡秋千。每天收费八十元,加上包车接送的费用,每人收费不足五百元。在城里,住宿加吃饭,一天未必能混得下来。说价廉物美,一点不为过的。

比服务更吸引人的,是周边无法复制的青山绿水,竹林,茶园。竹海是主打,茶园是点缀,青葱无处不在。早晨或者晚间,沿着村子前面的水泥路，或抱势而上，或顺坡而下，在竹海间行走半个小时，返回，一个小时的散步，置身天然氧吧，有一种无法言说的舒畅。难怪国强说，他每年两次，来这里休闲，就是冲着这里的空气来的。不独空气，还有水，每家每户的屋后，靠着山脚，有一个用于集聚从山上下来的泉水的积水池，通过水泵，将水池里的水，输送到自家的供水管道里。这水，喝一口，有淡淡的甜味，洗澡时在里面泡泡，甘泉清洌洗凝脂，无需肥皂，便有一种身心俱净的滑爽。

掩映于青山绿水之中的，还有盛名远播的摩崖石刻和大唐贡茶院。这两处地方，前者因为山势峻拔，山路陡峭，去的人不多，而后者，作为修建不久的景点，则是游客如云，川流不息，来农家乐休闲的，大多不会错过。但这两个去处，于我，都让我有过不同程度的扫兴。

去看摩崖石刻，是在来的第二天。午休之后，国强和我一起步行四五里，来到了一座叫做"老鸦窝"的山脚下。一块"全国重点文物保护单位——顾渚贡茶院遗址及摩崖"石碑，赫然在列。国强因感冒体力不支，在山下等我，我独自前往。国强再三叮嘱：走不动就回头。当时，我并没有把国强的话当回事，心想，既然上去了，我怎么会半途而废？

竹茂林暗，碎石为磴。脚踏到石头上，不敢轻易着力，生怕石头滑走，脚下落空。后来，竟至靠着用手拉着竹子向上了。老鸦的叫声不知从何处传来，更添了阴森森的气氛。气喘吁吁，倚在一块岩石上歇了会儿，我力气和信心全无，只得返身下山，来去花了一个多小时。国强问我见到石刻没有，我摊手摇头，告诉他只走到了半山腰。他安慰我，说等身体好些，再陪着重来。

隔了一天，我们去看大唐贡茶院。游览这里倒是非常轻松。国强他们因为来过，在大门外闲逛拍照，我和俊峰几个从大门进去，拾级而上。我们忽略了两侧气势不凡的阁楼和正在一片开阔处拍电视广告的盛大场面，径自登上陆羽阁，看阁内陈列的茶文化图片展示和文字介绍，粗略欣赏茶圣的《茶经》及一些名人书法。站在陆羽阁的顶层,可以环视景区全貌。从陆羽阁下来,沿着廊道逆时针游走,可以看到当年制作和运送贡品紫笋茶的全部流程。在一个能容纳近两百人的茶室,出示门票,服务员给我们泡好的茶和茶具,然后,我们寻空席落座,休息、品茶。茶名紫笋,泡茶的水据说是金沙泉的。当年,茶和泉水,都每日由快马接力,送到长安城里做贡品的。俊峰调笑:咱几个这会儿享受的是皇上的待遇。

喝茶之后,继续游览。突然,我惊喜地发现了摩崖石刻。站在廊道上,离廊道数米之外的山壁上,竟是我前天登山寻找未曾见到的摩崖,计有五六处,皆为曾任职此地的地方官所留,其中名字比较熟悉的便是樊川居士杜牧了。所题内容,由于年代久远,一些字迹漫漶不清,无法辨认。但约略可知,其所刻内容,随意而出,信手而为,多和茶、茶事相关。顾渚摩崖,分布在三个地方,但从方位介绍,尤其是我虽未曾见到摩崖,但前天到过的地方,离这里至少有两公里以上。心存疑问,便仔细观看,果然看到了人工模拟的痕迹。或许,景点的设计者,为了方便游客,移花接木或造花植木,便有了如此的创意。但总觉得,这样做,虽方便了游客,但未作说明,便有忽悠之嫌了。离开大唐贡茶院,回"健优美"的路上,我说到了没有看到真正的石刻的遗憾。国强说下午他带我去,一定要看到。同来的老殷说,他也想看。

下午,因为有了老殷作伴,国强便在家打牌休息了。两点多,我和老殷走到了"老鸦窝",开始登山。费尽九牛二虎之力,终于登上山顶。结果,除了看到竹林变成了茶园,一块摩崖也没有看到。在我们上山至半腰的时候,曾问一个上山采竹笋的农民,摩崖在何处。他的回答让我们很失望,说你们已经走过了。可是,一路留心,都没见着——估计竹林间另有岔道。采笋农民对我们说:你们最好不要再上了,上去了会下不来;上山可以攀着竹子,下来连竹子都不好攀。我犹豫着想回头,但老殷已经走到了前面。于是，硬着头皮，终于登临山顶。这里，有一片茶园，茶园中间有一个小棚子，棚子里一张竹床，一只茶瓶，一条床单，一个面盆里放着半盆很脏的水。我们在棚子前面拍了两张照片，略带沮丧地返回。

第四天早饭后，我们去参观顾渚村村部所在的农副产品集散地，重点看农贸市场。公路边，农民们设摊销售自家的各种山货，竹笋，野生禽蛋，坚果。新建没几年的农贸市场，被围在一个很大的院子里，一个挨一个的店铺，摆放着吃、穿、用、玩等各类商品，琳琅满目，应有尽有。以本地产品为主，即便外地的，货源也就附近的湖州和吉安，远一点的来自嘉兴和绍兴、杭州。来市场逛荡或购物的，多是来农家乐作客的外地人，他们操着不同的口音，问价砍价，把店铺和摊位之间的人行道，挤得人气爆棚。

五天的时间，一霎眼就过去了，临离别的这天早晨，主人和我们商量，让我们一行十多人把行李并到一个房间。我们午饭后启程离开，新的一批客人将在午饭前赶到。主人要提前把房间打扫好。几天的接触，我对于主人为我们辛勤的付出，亲眼所见。他们一家人，罗爷爷和罗奶奶都是奔七之年，老罗夫妇四十多岁，有一个女孩在长兴读高中。老罗夫妇唱主角，爷爷奶奶做帮衬，还请来了老罗媳妇的妈妈临时帮忙。他们各有分工，但从早上四点多起床，一直到晚饭之后，都忙得像陀螺。农家有客农家苦，快乐赠与作客人。当我对老罗媳妇感叹他们的辛苦，建议找个帮工的时候，女主人说：有忙有闲的，酷暑和严冬，有约两个月的时间，没有客人，便是他们休闲的时候。老罗媳妇还说，他们赚的其实就是一个工资钱，雇一个人要增开工资，就更赚不到钱了。我相信她说的话，作为一种营生，钱肯定能够赚到，但指望"农家乐"发多大财，则未必。

我们吃过饭在门外的场地上歇了会儿，大巴车来了。它接我们来，又送我们回。我们将从太湖西南角这个叫做顾渚的地方，沿着环太湖公路，经宜兴，过无锡，向苏州。车子开动，我思绪恍惚，我想象，在有村落之前，这里只有竹子和树，只有飞鸟和野生动物，山峦起伏，泉流飞瀑，古朴原始，天生丽质。选择在这里建立自己的家园，既是一种智慧，也是一种勇气。大唐贡院，摩崖石刻，作为历史上有过的辉煌，它们俱已成为遗址，但只要山上的竹子年年葱郁，只要茶园的紫笋芬芳不散，这块神奇的地方，便青春常在，魅力充盈。再见，长兴，我们还会来的！

2018.5.4

飞越海峡——台湾旅游漫记

丁亥春节将临。小年夜，上午 11 点，我们乘坐的飞机从无锡苏南硕放机场起飞，台湾之行开始了。

一

我一直从飞机的舷窗朝下看，河流如带，群山莽莽，城市和乡村错落其间。当然，我最想看到的是飞机越过波涛汹涌的台湾海峡。但是，当我估摸着飞机差不多飞到海峡上空的时候，看到的却像是大海退潮之后的漫无边际的滩涂，又像是巨大无比的铺展着的绢帛，是海水的颜色，却是静止而凝固的。想再细看，却涌来铺天盖地的棉絮般的白云，舒展翻涌，如梦如幻。没多久，服务员在喇叭里提醒：桃园机场就要到了，飞机即将下降。这时，机身一个大幅度倾斜，拐一个弯，便逐渐驶入低空。当飞机穿过云层，视野便渐渐清晰起来——哪有什么凝固和静止，蓝色的大海，波浪翻滚，汹涌澎湃，有几只海轮，正在大海上缓缓行驶。

我们的飞机，掠过大海，掠过海边的高楼，冲向一片开阔地中的水泥跑道，继续一段距离的滑行之后，稳稳地停在桃园机场的候机楼前。

出得机场，已近下午三点。我们上了早已候在路边的旅游大巴。上高速，过台北，继续东行。一路上，台湾导游向我们介绍旅游路线和日程安排，穿插介绍沿途风光。过了台北之后，车子一直在山中行走，连续穿过许多隧道。大约五点半，到达濒临太平洋的宜兰县苏奥镇。吃晚饭，菜肴尚合口味，只是制作略显潦草。晚饭后，步行十分钟，到苏奥车站乘火车南下花莲。对于弃大巴而坐火车，导游的解释是通向花莲的公路一边是断崖，一边是太平洋，夜间行车，风险太大，所以，让司机单独开车前往，待我们下了火车后，再上大巴到酒店歇宿。上火车之前，导游对我们说，车上如果人多，就没有座位，大家就要辛苦了，但年纪大的，会有人给让座；当然，遇到年纪大的，我们也得让让。

因为是春节，车上果然人多，我们像坐城市公交一样拉着悬挂的扶手站着。真有人给我让座了——靠近我坐着的一位女士站起身，客气地做个手势，请我入座。环顾四周，虽然我算得上是年纪比较大的，但以我的观察，这位女士的年龄，至少已及知命，礼让于我，哪敢受用？我道声谢谢，然后对她摇摇手。可她执意相邀：你搀着宝宝，坐下可把宝宝抱起。这理由倒很实在，我再次道谢，坐下。我看着她牵在手里的一只大箱子，在心里猜测她是台湾当地人还是和我一样的大陆来客，想和她聊几句，虽然距离不远，但由于挨着的人太密，实在不便。我想注意她在哪里下车，但当我再次打量她站着的位置时，她已经不在，是在前面一站下车了。

我们一下火车，大巴车已先我们而到。上车，又走了近二十分钟，十点许，入住花莲附近的蒂亚酒店。

二

早上六点半，叫醒的电话铃声响了。起床，洗漱，吃早饭。一切都是年轻人的节奏，苦了老人和孩子。八点，上车出发。由花东公路沿海岸前行，断崖及太平洋风光，美得让人惊心。

参观太鲁阁国家公园。这是一座三面环山，一面紧邻太平洋的山岳型公园，立雾溪贯穿其间，山海相连，景色奇谲瑰丽。太鲁阁是台湾第一条横贯东西海岸的公路"中横公路"的东端起点。1956年，居闲台湾的蒋经国组织一万多名退役老兵，用最原始的方法，敲打锤凿，手搬肩扛，历时三年另九个月，在崇山峻岭间开出一条天路，横跨中央山脉，连接东西海岸。此举以解决来台老兵的就业问题为初衷，一举数得，是台湾地方建设史上一块重要的里程碑，也是蒋经国经营台湾的一次成功尝试。

中横公路建成后，老兵们又陷入无所事事的境地。为了让他们安居乐业，地方政府办起了不少玉石厂。以玉山之石为原料，制成各种精美的玉器。这些老兵，大多成了玉石厂的第一代员工。他们中的不少人，和当地的原住民结婚，组成新的家庭。他们中不少人已经走完了自己的人生之路，未走完的，都已是耄耋耆老。现在玉石厂的员工，大多数也是他们的后代。导游向我们介绍这些情况之后，把我们带到了离太鲁阁公园一个多小时车程的一家玉石厂——这是行程中安排的购物点。导游倒也坦诚，他告诉我们，这里是的产品是可以退税的，而且，导游所带的团队购买商品，导游可以拿到政府给与的一定比例的奖金。所以，他拜托各位，有需要的就买。

我因为没有需要，遛到了玉石厂外面。路对面的一块地里，有一个阿婆坐在凳子上择蔬菜。我走上前和她拉呱，得知她已经七十岁了，六十五时开始每个月拿四千元台币（约合人民币九百元）的退休金。她还有五六亩地。她指指在不远处地里犁地的拖拉机，告诉我，那是她雇来的。她家一幢两层的小楼，建在一片水稻地的中间。她说台湾土地私有，在自己的地上建房子，只要报政府登记备案即可。

在玉石厂旁边的一家饭店用过午餐，我们又继续旅程。走了将近一个小时，便来到了北回归线纪念碑下。纪念碑靠近环海公路。公路靠太平洋的一侧，有一片开阔地，开阔地的边缘，便是波涌浪卷，潮声澎拜的太平洋。极目远眺，近处一片湛蓝，远处隐约看到一溜白色，据说那是从赤道附近流过来的太平洋暖流。公路的另一边，在一个不大的广场中央，便是高耸的北回归线纪念碑。纪念碑像一个分成两片的钟，最顶部连为一体，上立一圆球。由顶部到地面，留出一道狭长的间隙，将热带和温带隔开。

晚上，歇宿于垦丁泊逸酒店。因为是除夕，晚餐比较丰盛。开餐前，导游向我们恭贺过年。

三

八点半从酒店出发，大约一小时后，抵达位于台湾岛西南端的垦丁国家公园。

这里是巴士海峡和台湾海峡的分界点。一座面海而立的珊瑚岩礁，形似一只蹲坐的猫，所以，此处俗称猫鼻头。以这里分界，朝西看，是蔚蓝的台湾海峡；朝南看，以蓝为底色的大海，泛出略显鲜亮的绿。咋一看，并无多少区别，但细细观察，确实各呈其色。巴士海峡的对面是菲律宾群岛，台湾海峡的对面是福建和广东。在垦丁国家公园，看海景之外，品尝特色小吃"那些鱼"和"飞鱼"，也是一件很愉快的事儿。我们在这里呆了大约40分钟，便启程前往地处台湾最南端的鹅銮鼻。

大巴车沿着海湾走了约半个小时，便到了这个以鹅銮鼻命名的公园。

台湾的公园，大多都是开放性的，没有通常我们见到的那种围墙、篱笆，自然也没有大门之类的关隘。鹅銮鼻公园便是这样。园内随处可见珊瑚礁和石灰岩。好汉石，沧海亭，灯塔，都是留影的极好去处。白色的圆柱形的灯塔有逾越百年的历史，知名度很高，是远东最大的海上灯塔，有东亚之光的美誉。塔身高18公尺，周长110公尺。距离鹅銮鼻四五十公里，是美丽的太平洋小岛兰屿，兰屿之外，便是巴士海峡和太平洋的交接处。鹅銮鼻有许多茂盛、蓬勃、野性的热带植物，象牙树，黄槿，海柠檬，还有许多我说不出名字的，多达两百余种。充沛的雨水，充足的阳光，孕育出它们的大气和彪悍，壮观却不失秀气，成为天涯海角最恰到好处的映照和点缀。

离开鹅銮鼻公园，我们的车沿海边北行一段，然后拐弯向西，和恒春古城擦肩而过，驶出恒春半岛，沿着台湾海峡北行，向高雄进发。下午一点多了，才在海峡边上的一处饭店用餐。之后，又马不停蹄地赶路，一个多小时后，到达高雄附近的佛光山弥陀纪念馆。

这是一处著名的佛教圣地，有南台佛都之称，是台湾最大的佛教道场。寺院建筑规模宏伟，大雄宝殿、大悲殿、大智殿、大愿殿，四幢主要建筑，疏落有致地坐落其间。宝殿壮观肃穆，宝塔相映观照，佛像慈颜温婉，最主要的，是我感到来这里朝拜的信徒，都安静恬淡，有一种发自内心的虔诚形之于外。在这里服务的僧众，一律温文尔雅，细声轻语，不知不觉中，就把络绎不绝的游客，引入和环境相融相谐的境界。我一般对于以大雄宝殿为主体的这类场所，不太喜欢光顾，但这次，因为统一安排，入得大门，便被里面的场景和气氛所吸引，徜徉其中，不觉间就度过了导游给定的一个小时。离开时，恰有一种心灵被洗涤过的感觉。

到达高雄市去，先看爱河。这个项目的名称非常浪漫——爱河泛舟。其实，说白了，所谓爱河，就是经高雄市区流入台湾海峡的一条长不过十多公里，阔也就一百余米的普通河道。因为高雄原名打狗，该河便被叫做打狗川。打狗，是原住民起的名字，日占时期，日本人嫌"打狗"不雅，其实也是心有所讳，便改"打狗"为高雄，打狗川也就成了高雄川。后来有人在河边创办游船所，并将其取名为"爱河游船所"。某次台风将招牌中的五个字吹掉后面三个，就剩下前面"爱河"两字，正巧，一对恋人在此殉情，记者在报道此事时，把标题写为"爱河殉情记"，从此，以讹传讹，高雄川便以爱河而扬名天下。

爱河碧波荡漾，两岸游人如织。游客从码头走上豪华别致的游船，徜徉水上，尽赏两岸及高雄港风光。我们上船的时候，华灯未开，未能领略灯火阑珊的绚丽，但两岸绿树掩映的栈道，沿街的日式建筑，各具特色的桥梁造型，停泊在高雄港供人观赏的旧军舰，随着游船导游小姐的生动讲述，给我们留下了极其深刻的印象。在靠近高雄港的中正桥下，我们看到不少白鹭。导游告诉我们，桥下铁梁上，便是白鹭晚间栖息的地方。这些机灵的鸟儿，经常飞到街上的面包铺，叼来一些面包屑，丢到水中，有鱼儿来吃了，便一个激灵，用长喙将鱼儿从水中叼起。这清澈美丽的爱河，是市民休闲的乐园，也是鸟儿和鱼类栖息繁衍的福地。导游告诉我们，爱河也有过不堪的记忆。由于未经处理的污水大量排入，河水发黑发臭，死鱼死虾漂浮水面。二十世纪八十年代，社会有识之士倡导，加上政府和市民的呼应、配合，大力度地对其进行整治，几年之后，面貌焕然一新，成为高雄的一张环境保护的名片。

爱河泛舟结束，大巴车把我们送至宾馆，拿下行李，又将送我们至步行街，逛六合夜市。晚饭各自为政，在夜市吃小吃。逛过吃过，在夜市尽头处的"美丽岛便捷站"附近，我们稍作徜徉，便打的回酒店。

四

翌日，离开高雄宾馆，先到驳二艺术特区，近距离看高雄港，看在艺术特区保留原貌的高雄港历史展示。之后，我们被带到钻石展示中心，一个小时，一次次避开导游希冀的眼神，我愣是没有买，那玩意对于我们这个年纪的，已经没有意义。好不容易捱到十点半，大家才上车，向阿里山启程。

又是一点多吃午饭。嘉义，瓮保鸡。店门外堆积着许多能纳入火塘的木柴，一溜排着的泥瓮，吊挂着的涂好辅料、即将入瓮烘焙的土鸡。大厅内人拥道塞，座无虚席。我们在导游预定的地方就座后，服务员就开始上菜。瓮保鸡果然名不虚传，酥、韧、香、嫩，特有的加工工艺带来独特的味觉感受，令人过口难忘。

从嘉义到阿里山，七十多公里。吃好饭，已快两点。我们的汽车一离开市区，就驶入盘山公路，逶迤而上，越走越高。一边是悬崖峭壁，一边是万丈深渊，汽车在山腰间绕来绕去，绕得我晕头转向。起初，我兴致尚好，看车窗外群山嵯峨，万壑竞翠，为造化之美深深陶醉。但终于经不住晃荡和颠簸，晕乎乎头重脚轻起来。感觉车子只有颠簸，没有前行，倒是千仞峭壁，奔涌而来。我赶忙闭上眼睛躲开。

终于抵达山顶，脚下的海拔高度是2216米。阿里山的美景，主要包括日出、云海、晚霞、古桧、高山铁路"五奇"。我们到山上的时候，已经暮色苍茫，导游给出的时间只有一小时，看日出无从谈起，打听高山火车，据说有一段铁道坏了，正在修理，得五月份才能正常运营。晚霞和云海倒是看到了，壮观瑰丽，只是匆匆一瞥，便被暮色所吞没。

古桧看得还算细致。以停车处为起始，绕了一圈，所到之处，林木参天，一般古桧，树龄都在千年以上，高几十米，粗须几人合抱。最为神奇的是阿里山神木，高53米，树围20米，树龄在三千年以上。但这棵神木几次遭遇雷击，加之风雨侵袭，残躯不堪支撑，已被人工放倒，斜倚地面，供游客瞻仰凭吊。后来票选出的二代神木"光武桧"，高45米，直径3.92米。日占时期，像这种两三千年树龄的神木，被砍伐掉30万株。为了把这些树运出去，日本人费尽心思，在阿里山修筑了蔚为世界奇观的高山铁路，把这些庞然大物运到山下，然后辗转运至日本。日本殖民当局为了表彰神木的发现、开发有功之臣琴山河合，在山顶为其树立的旌功碑，至今默然静立，有违立碑者的初衷，在提醒人们铭记那一段屈辱的历史。

1984年春节，台湾歌手奚秀兰的一曲"阿里山的姑娘"，唱红大江南北。从此，姑娘、少年、涧水、青山，伴着悠扬动人的旋律，成为许多人头脑里挥之不去的意象。但此次阿里山之行，目睹真实的阿里山，我的感觉，却是高峻、险拔、苍莽、幽深，凝重。

下山后，在嘉义合红龙台湾料理餐厅吃饭，晚上赶到台中，已近午夜。

五

在台中，住在皇家季节酒店。

早晨，车子刚开离酒店，导游指着酒店不远处的一幢小楼，告诉我们，说那便是当年孙立人将军居住的地方。说到孙，我的脑海中立即想到了"战神、东方隆美尔、匪谍案、哀荣"这几个关键词——抗战战功赫赫，内战身手不凡，荣誉等身，却在盛年之时遭遇派系倾轧，及至被软禁数十年，九十高龄逝世，却尽享哀荣。个人命运是一条船，时代际遇是一片海，沉浮起落，许多时候，实在不是自己可以把握。

今天的购物是到乳胶厂买床垫和枕头。我放弃了什么也不买的坚守，让家属买了两个枕头，花去人民币1800元。昨天在车上，大陆同行的导游和我们进行交流。他说，除夕的晚上，新年的钟声响过，他想给孤身在家的八十岁的父亲打电话，但是又不敢，他怕电话打通了无法控制自己的情绪，给父亲增添感伤。他就那样静静地躺在床上。他说，这次出来带团，可以不来，但想想还是来了。他37岁了，没结婚不说了，连女朋友还没谈，想想实在苦闷。出来这一趟，一千元工资，没有加班费。我们如果买东西，他会有一点企业给予的奖励。但买或者不买，买多或者买少，又不好强迫我们，让我们看着办。今天我叫买枕头时，家属说，质量就这样，价钱贵。我说，就是一分钱不值，这两个枕头都必须要买的。

在乳胶厂泡掉一个小时。十点过，开赴地处南投的日月潭。到了南投，吃过午饭，又走了会儿，才到达景区。日月潭为台湾第一大天然湖泊，海拔高度700多米。它以光华岛为界，北半形似太阳，南半状如弯月，故而得名。日月潭在清朝时，即有海外别一洞天之誉。到达之后，我们弃车步行一段，从浮桥码头上游船，在湖里绕一圈，看环湖风景——蒋氏故居、美龄特供烟厂、玄光寺，然后，在玄光码头上岸，登寺鸟瞰湖景，品尝辣妹（阿婆）茶叶蛋，也品尝一个由十八岁的少女时代开始，卖茶叶蛋，卖成八十岁的阿婆，坚守平凡人生的况味。之后，又登船回到对岸，上车，赴鹿港小镇。路上，我问导游：日月潭为什么会有这么汹涌的波涛？导游笑笑，反问我：你看湖里有多少游艇？我恍然大悟，快艇推浪，艇多浪急，这湖面上就多了气势和壮观，当然，比之扁舟轻荡，也少了几分宁静和闲适。

堵车。本来两个小时的车程，走了四个小时。鹿港到了，但已近六点。看过鹿港，再赶到桃园吃饭、住宿，至少也得九点以后。导游提议，放弃鹿港，明天到台北后，给我们补充两个景点。大家同意了，导游还拿出一张表，让我们每个人签字。

虽然没去鹿港，但因为路上还是拥堵，我们赶到桃园的时候，又是午夜。

六

睡到第二天早上，体能总算基本恢复。早饭后，开赴行程的最后一站——台北。路况比昨天要好，但车辆仍然很多，缓慢行驶，十点左右抵达。

先看故宫。这是一处宫殿式建筑，主体四层，白墙绿瓦，正院呈梅花形，院前广场有牌坊耸立，整个建筑庄重典雅，极具民族特色。但是，比之北京故宫，这里实在是无"宫"可看。国民党来台湾，带来的北京故宫宝物，据说一共有69万件。这些可怜的祖宗遗产，先由北京迁至南京，后来又迁至重庆，还差点儿迁往西昌，然后又迁往南京，又从南京迁来台湾。现在陈列供游客观赏的只占迁来宝物的十分之一。带来的都是精品，展出的是精品中的精品。所以，便有了"看房子到北京，看宝物到台北"的说法。

下午看士林官邸和"总统府"。前者虽还封闭着蒋氏夫妇居住的那幢两层的别墅小楼，但其余皆已向社会开放。树木葱郁，草绿花香，教堂栈道，音乐飨宴，是市民休闲娱乐的极好所在。后者为日本占领时的总督府，是由日本建筑师设计的一幢巴洛克式建筑。主体裙楼四层，中央塔楼高十一层。太平洋战争其间因美机轰炸而遭遇局部破坏，1948年底经过维修，恢复旧观，1978年曾再度大修。内部参观需要预约，程序比较麻烦，导游安排我们看士林官邸，到这里隔路赏景，算是对未去鹿港小镇的补偿。我对"总统府"印象较深的，一是有卫兵而无围墙，而是进大门台阶很高，但台阶前面的路上，行人和车辆均可自由通行。

离开"总统府"，我们到北投泡温泉。北投和南投一样，作为地名，都是当地土语的音译，所以，也有叫北投为八投的。北投温泉属于火山温泉，日占时期发现并开发作为浴场，后来发展为带有香艳色彩，用以慰藉日人思乡情怀的温柔之地。光复后，这一情况逐步改变。现在的北投温泉，是市民休闲度假，健康养身的去处，也是来岛旅游不可不到的一个观光景点。虽时值隆冬时节，但裸露着身子泡在山坡上的露天浴池里，没有一是寒意。水清洌洌的，犹如人工调试过的适宜温度，淡淡的硫磺香味，带给人无限快意和遍体舒泰。导游告诉我们，北投温泉对于慢性关节炎、肌肉酸痛、慢性皮炎等疾病，具有极好的疗效。

在台湾旅游的最后一个项目也是逛夜市。台北靠着妈祖庙的这处夜市，比高雄的夜市范围大得多，游客之密，让人只能碎步而行。各种小吃，多得让人目不暇接，眼花缭乱。晚饭由我们以小吃自己安排，我想买些被导游介绍得非常玄乎的台北大饼一尝美味，因为排着的队伍太长，只好闻饼兴叹，另谋他计，以一碗牛肉面解决问题。

晚上，我给自己加了一个项目，到一零一大楼附近的诚品书店信义店逛书市，曾撰小诗记述：架上图书门类全，不拘一格见多元；座席人满依墙立，专注神情拜圣贤。

七

二月二日，年初六。我们九点钟离开台北这家大陆福建人开的酒店，向桃园机场出发。下午一点的飞机，我们十点就到了。为我们办好出关手续，把我们送进候机厅，台湾导游和我们告别。我和他握手，嘱他来大陆到苏州作客。他说：来大陆一定找你们——我有你们的联系方式。我说：那我们再来台湾怎么找到你呢？他笑笑：台湾有八千个导游，再来台湾，有缘我们还会相遇，无缘你们就找不到我了——不为你们导游，我还要为别人导游——给你们做导游的时候，你门看我有时间接待另外的朋友吗？话有点让人伤感，但说的是实情。相遇不易，相遇之后的相遇，更可期几许？

早先知道桃园，除了机场，便是这里浮厝着老蒋和小蒋的灵柩。浮厝者，人死异乡而不能归葬，借地暂存，待机归葬也。衣胞之恋，算是人之常情。他们能否归葬，何时归葬，其实，只要撇开政治人物的身份符号，这种事情太过简单，而能否撇开，又是一个很复杂的问题了。我的想法是：天涯何处无芳草，青山处处可栖身；愿天下欲求归根者尽得其所！

飞机准点起飞。我准备好相机，想从窗口拍一张能够看清岸线的照片。可是，飞机刚出机场，估计还没达到预定的高度，底下便是云雾缭绕，什么也看不见了。我们都知道雾霾能挡住蓝天白云，却不知道这美丽的白云也能挡住我们的视线，它让我们看不见更高远的天空，此刻，它让我看不见大海的蔚蓝，看不见大海亲吻陆地的美丽而悠长的曲线。

台湾海峡连接东海和南海，北端阔约两百公里，南端阔四百余公里。如果不是这一片海峡，两岸将是另外的政治格局。我曾经想过，这，或许是一种冥冥之中的安排，是上天作为第三方对不同政治力量做出的斡旋与调停？因为有了这个第三方的介入，双方才暂停厮杀，竟至偃旗息鼓，各守地盘。毕竟是同源同宗，同文同种，兵戈相见，有历史的原因，而握手言和，才是面对未来的睿智。互殴，让亲者痛，仇者快，对立，终究不是长久之计，唯有统一，才是人心所向，众望所归。但怎样统，何时统，却是两岸同胞必须认真面对和思考的严肃问题。台独是愚蠢之举，诉诸武力绝非良策。半个多世纪前，海峡改变了历史，半个多世纪后，各种现代化武器的发展，弱化了海峡的屏障作用，但我们依然能够听到海峡的涛声，那是血浓于水的倾诉，那是对民族未来的希冀和祝福。

下午三点半，我们的飞机又飞回无锡苏南硕放国际机场。来的时候，旅游公司有热情的上门服务，把我们接来，但现在，我们等了一个多小时，才跟班车回到市区，然后在路边的寒风中，等的士。到家，已是薄暮。

2017.3.1

我从宝带桥上过

离家不远有宝带路,由此想到了宝带桥,便萌生去看看的念头,但由于近,反而一直搁着。

这天下午,我们一行三人,两老一小,终于成行。从木渎上高架,经南环西延,过友新枢纽,上石湖西路,一路东行,到了运河边上,北拐两百余米,一堵高高的围墙挡着一片纷乱的拆迁工地,也挡住了我的去路。紧挨运河的路旁空地上,有个小伙子直接从运河提水洗车。我打个招呼,问他宝带桥在哪里。他朝围墙一指:喏,就在那边。这才注意到,在围墙靠近河边的地方,留一个可供行人行走的小门。找个空处停好车子,和奶奶、宝宝一起走过围墙。

柳暗花明,别有洞天。右侧的河面上,驳轮往来不息。古老的京杭大运河,过枫桥,走横塘,在石湖转个九十度的大弯,于新老城市的夹缝中,屏息静气,继续东行;在澹台湖的东北角,拐弯向南,眼前一亮,平野开阔,恣意地朝着杭州方向欢奔而去。左侧,便是远比苏州历史长得多的澹台湖。虽隆冬将近,但湖边柳枝轻拂,常绿树木生机盎然。最左面的堤岸上，有船夫在弓着腰拉纤，湖里却不见船只，细看才知道这是点缀风景的雕塑。被风吹起涟漪的湖水，倒映着不算明丽的晚霞。几只白鹭，掠过水面，向上飞去，消失在暮霭初降的空中。河湖交接处，便是我慕名已久的宝带桥。它静静地横卧在烟波浩渺的水面，既气势恢宏，又秀美精致。此刻，它任由三三两两的游人走过，默默地注视着我们几个不速之客。

踏上履痕斑驳的石板桥面，我们向波涛深处，向三百多米外的对岸走去。317米，难怪又叫长桥了，只是因为长，桥就显得瘦了，其实桥阔4.1米，这在一千多年前，已经是"国道"的水准了。因为风比较大，桥又没有栏杆，奶奶搀着宝宝，倒像是宝宝搀着奶奶，在桥的中间缓缓而前。我为了拍照，不时把脚靠近桥的边沿，也真有几分心里发憷。到得北岸，首先见到的是矗立在桥堍的石狮、石亭、石塔，还有具有现代色彩、傍依运河而立、写有"大运河文化遗产点"的石碑。风景清幽雅丽的澹台湖公园，近在咫尺，但因为天色不早，只好留待下次再予光顾。

从宝带桥向南岸返回的时候，在桥的最高处，我背河面湖，遥望暮色渐起的远山近水，想起了澹台湖湖名的由来。如同西湖的苏堤是以与之有关的苏东坡的姓氏命名一样，澹台湖也是以一个人的姓氏命名。孔子的弟子澹台明灭，其貌不扬，初见孔子，未入夫子法眼，以为鄙陋。然而澹台明灭既已受学，便卓尔不凡。学有所成后南游至吴，便有弟子三百，成为孔门弟子中的骄傲。老师知道了学生的成就，叹曰：我以貌取人，将澹台明灭看走了眼。

但后世流传的对澹台明灭的称道，更为形象生动的，倒是他的重义轻财。一次，澹台明灭怀揣两块珍贵的宝玉乘船过河，船至河的中央，突然，从水中窜出两只识财的巨蛟，欲取玉而去。澹台明灭从身上取出宝剑，大吼一声，将两条巨蛟腰斩于船边，然后，从怀中取出宝玉，将其扔进水中。他说：吾可以义求，不可以力劫。学问经天纬地，品行仗义刚直，想不受到世人景仰也难。所以，后人就把这片留有他的足迹，后来据说是因为地陷而成为水域的地方，叫做澹台湖了。

至于宝带桥名称的由来，知道的人就很多了。公元816年，苏州刺史王仲舒为了方便漕运，解决由澹台湖造成的纤道不通的问题，同时保证澹台湖能顺利泄洪通航，决定在澹台湖口，紧傍大运河，建一座主要是便于纤夫行走的桥。为了筹措资金，王仲舒带头捐出自己的宝带，领导率先垂范，乡绅及社会贤达亦纷纷解囊。费时四年，桥建成了，人们为了铭记王刺史的义举，就把此桥命名为宝带桥。我虽然对作为一方行政长官的王大人如此筹资的方法不太认同，因为漕运乃国家朝廷之大计，省着国库的银两，让官员等社会个体私掏腰包，这于情不通，于理不顺，于法无据，但对于他老人家体恤民间疾苦，造福子孙后代的情怀，还是深感敬佩，以为难能可贵的。

匆匆地来，又匆匆地去。告别宝带桥回家的路上，竟得诗一首：一桥二水间，行泄各相安；今供游人赏，佳话传万年。行是南北相向的交通，泄是由西向东的排水。这种一般桥梁所具有的功能，因着大运河而得以彰显。运河风姿依旧，但宝带桥的交通之功，早已成为过往烟云。作为供人观赏的风景之外，倒是与这桥、这湖有关的人物掌故，将恒久的留与历史，任后来人品味、把玩。

2017.1.3

周庄"诗话"

重阳节，老家的镇政府组织退休老同志来周庄一日游，通知老陈同志、并邀请我一并参加。他们是包车，从苏嘉杭高速径自去了，我们从木渎驱车前往。大孙子上幼儿园，我们带上小孙子，驱车一小时，和他们一前一后，赶到了周庄停车场。

小桥流水，庭院古宅。窄窄的巷子，回流过往的时光，青青的石板路，凝聚千年的沧桑。优美的自然风光，移步换景；深厚的人文底蕴，触手可及。但这次来，对我印象最深的不是沈宅、张宅，也不是双桥、古街，而是沿街好几处"出售"诗歌的店铺，是我在这里买得的诗歌。

店面一般都不大。一张很普通的写字台，上面放着笔墨纸砚。四周的墙上挂满了大小不一，或横或竖的字，都是店主自己的作品。店门口用架子贴一幅招徕生意的广告：为您的名字写诗，每首十元——我估摸，就是用游客提供的姓名，写成藏头诗或嵌名诗，表达吉祥、励志的主题。

我走进其中的一家，对怎样卖做了详细的问询。果然，是根据游客提供的名字，将名字写在诗句的第一个字。只是名字多为三个字或两个字，而诗是四句，所以又算不上真正意义上的藏头诗。我问是不是写成绝句，店主回答，是绝句。见我疑惑，又补上一句：您放心，写出来给您看。

我平时也喜欢在睡觉前涂上几句，写下一天中印象较深的事，总是搜索枯肠，绞尽脑汁。这信口吟成，随手写出的功夫，真想见识见识。于是，我在他给的纸上写出小孙子的名字，让他写。他看了看我给他的名字，略加沉吟，果真写了出来：

  朱印千秋春又来，
  家承祖德登高台。
  同心励志前程远，
  学有所成作栋材。

平仄问题不大，第二句"三平尾"。但说实在的，如此文思敏捷，提笔便写，一气呵成，不能不让我心生敬佩。我又把大孙子的名字写给了他，让他再写一首。他呷一口茶，提笔便写：

  朱雀黄龙兆吉祥，
  家和温馨喜玉堂。
  墨染蓝图酬宏愿，
  鸿鹄之志万里航。

平仄多有违律，不如前面。只是这后一首的难度，比前一首更大，因为三个字有两个重复，于相同处另辟蹊径，得多费一番脑筋了。撇开内容和意蕴（没有心中真情，哪有笔端流韵？），形式上即便算是古风，能信手写成，可见"造诗"之功，确实了得。我想让他用另外的名字再写一首，看他还能倒腾出些什么，可是，约定的集合时间到了，只得悻悻离开。

集合后的活动是集体拍照，拍照之后就准备返回了。我们在停车场和老家的老领导、老朋友告别。他们的车子驶向离开周庄的公路，我却把车子拐过头来，朝古镇入口处开去。我又到了买诗的店铺，想请店主再为我写上一首——可惜，店门竟然关上了，隔壁买猪蹄膀的女士对我说：倷要写名字格？等歇歇宁再来哉。

我没有等，得赶回家接上幼儿园的小朋友呢。这天晚上我的日记是这样写的：

　　周庄美景游人醉，
　　桥是脊梁水是魂。
　　春去秋来千载过，
　　钟灵毓秀久长存。

——坦白一下吧，我之所以又回到"卖诗"的店铺，就是因为当时我已凑出了这几句，我想报一个"周桥春"的名字，然后，看他与我，能否有一些心灵的契合。对了，店主不仅卖诗，还卖字，一首小诗，虽只有十元，但如果用宣纸写了裱出，就得一张百元大钞了，自然，那书法也是经得起挂在墙上的。

2016.11.26

那些远去的灯光

最初对于灯的记忆，是一盏小碟，里面放些食用油，浸着一根用棉条做成的灯芯，点燃了，便有一团微弱的火苗跃出，不时听到噼啪的轻微爆响。这叫香油灯，一灯如豆，前人的状物之工实在了得。

后来有了煤油灯。用完墨水的瓶子里倒进煤油，一个比瓶口略大的圆形薄铁皮，中间一个孔，安插一个直径四五毫米的圆柱状的空管，用棉条或粗棉线贯穿其中，向下的一端浸于煤油里，向上的一端微微露出，点燃，便有了比香油灯大出不少的光晕。在这样的灯光下看书，眼睛吃力不说，半个小时下来，手掏一下鼻孔，便会沾上一层厚厚的炭黑。

"社教"运动的那当儿，村里来了工作队，晚上要组织群众学习，随父母亲到学习的地方凑热闹，看到工作队员坐在当作主席台的方桌前读学习的材料，好奇地看到了罩子灯——其实也就是煤油灯，只是在墨水瓶下面多了一个连着的圆锥体的灯座，火苗闪烁处多了一个半圆的带豁口的消烟器，并且有一个底下大，上面小，中间有着鼓出的肚子的玻璃罩。后来这种罩子灯渐渐普及，成为农村里日子过得好一点人家的标志性用物。20世纪70年代末电力基本普及，但它们还是常常被擦得干干净净，放在家里的柜子上，因为那时电力还不正常，它们每天几乎都要被派上一阵用场。

不能不说一下气油灯。一些具有一定"场面"的人家，遇到婚丧喜事，便到街上租回一盏使用。黑色的身段，上端有一根用于悬挂的铁绳子，底下系着一个石棉做的纱罩子，中间两个鼓着的肚子，一个装的是煤油，一个是带着气筒的储气罐。点气油灯是个技术活，先要打足气，然后点纱罩子，扭动油门开关，带着压力的煤油成雾状喷发，纱罩子便一下鼓起，发出耀眼的光来。用一个玻璃罩将这发光体罩住，将铁绳子挂到房梁或檩条上，便有了满屋生辉。因为只能吊着，所以使用起来极为不便。后来，由于组织大演大唱和农忙时节开夜工，对气油灯的需要量迅速加大，这种灯便与时俱进，大肚子被移至底下，作为底座。使用是方便多了，只是光源在上面，底座形成一个偌大的光影，虽有一个较大的白色灯罩的反射，但照明效果，还是比不上那种老式的来得利落。

煤油一直是一种稀缺资源，凭票供应。墨水瓶做的灯也罢，带玻璃罩子的灯也罢，气油灯也罢，都常常因为油的供应不足而被经常闲置。于是，另一种灯具——蜡烛便应运而生。红白两色，分为白烛和红烛。平时没有多少人家用蜡烛，只是作为临时应急和煤油告罄的补充。蜡烛使用起来很方便，随手拿出，点燃烛芯，朝桌子上滴上几滴融化的烛液，将烛屁股一粘，便稳稳地立住。烛光摇曳，虽有情致，但照明的效果自然不好，而且，点在桌子上的蜡烛，如不及时熄灭，会烧坏桌子，甚至酿成火灾。

历史走到了1990年代后期，电力供应与需求在东部沿海地区实现基本平衡，停电便难得再有发生。这时，作为前电力时代的所有各类灯具，便为电灯所取代。各种形式的油灯，这些历史隧道里的灯光，被电力所点燃的另一种强大光源所淹没，以至逐渐淡出人们的记忆。而电灯，从葫芦形的灯泡到形式五花八门的各种节能灯，从为了满足室内照明需要，到包括室内照明在内的各款装饰性豪华灯具，它们在不断的演变中为我们的生活制造着光明和色彩。无论寒碜还是发达，它们都是我们至诚的朋友。

四十多年前，前苏联有过一个雄心勃勃的计划，要向近太空发射巨大的类似月球的人造卫星，让地球受到两个甚至三个月亮的照耀，给人类祛除晚间的黑暗。这个极具想象力的关于灯的宏伟计划，若果真能够实现，无疑，将是人类关于灯的历史的最辉煌的篇章。

随着"苏联"加了"前"缀，造月成灯的构想已是昨日黄花。不过，我们完全可以坚信，人类对灯的认识和探索不会终结，人类追求光明的理想和信念永远不会熄灭。任何最时髦的灯具和灯光都会被新的时髦所替代，和历史一同远去。那些伴随过人类许多世纪，朦朦胧胧，留存于历史隧道里的半明半暗，作为人们心头一种极具诗意的怀念，将挥之不去，历久弥新。

2015.8.29

荡口半日游

到无锡的荡口古镇，已快十一点了。

苏南的古镇，到过周庄和木渎，细究起来，其实和苏北串场河沿线的一些古镇，并无多大区别，都是傍水而居，青砖黑瓦，窄窄的巷子，铺着石板或侧立的砖头，房子夹着街道，街道夹着河流，街上游人，河里行舟。只是后者因为疏于保护，已被"建设"得面目全非，不留多少痕迹了，而苏南的古镇，因为有更好的基础，有相对清醒的保护意识，加之这些年来的修复，依然能让我们走进一段历史的隧道。

离无锡市区20余公里的荡口古镇，在周庄和木渎之外，又有别样的不同。

荡者，湖也。在到达荡口之前，我曾经想到沙家浜那一片丰茂的芦苇荡，事实上，荡口正是无锡、苏州和常熟三地的交界。当我们的车开进一个才用石灰线划出的停车场，竟然看到一大片芦苇地，芦花早已被寒风摇落，苇秆相挨，枯黄的苇叶在风中瑟瑟有声。这有意或者无意留下的一片芦苇，让我们在进入古镇之前，对古镇依湖而居的地理位置，有了约略的了解。

进得古镇，便是一片开阔的水面，不是小桥流水，而是波光潋滟。河道与房屋，不是如木渎的山塘街那样的一线相牵，而是纵横交错，有村庄式的回环与错落。七拐八折，走过戏台及华君武故居，一挺石桥出现在我们眼前。石桥下是横贯古镇东西的北仓河，河两岸古色古香的街道，虽然有被修缮的痕迹，但人行其中，却有真实的穿越历史的感觉。桥多，不只是架在北仓河上，更多的是架在南北向的河上，与北仓河平行。荡口像一个巨大的船埠，街道是浮在水上的船，而这些款式各异的精致的石拱桥，便将它们整个儿连为一体。

荡口多义庄。义庄是古镇一道独特的风景，而华氏义庄则是荡口义庄的集大成者。华氏义庄，是江南地区保存最好，规模最大，存续时间最长的义庄之一，清乾隆年间，由华进思、华公弼父子创建，曾受到乾隆皇帝的嘉奖。义庄现存房屋四进，占地面积2500平方，中轴线上，自南向北，依次为隔河照壁、码头及场地、八字照墙、门厅、轿厅、正厅和后厅。

义庄以宗法血缘关系为基础，是面向族人的慈善、公益机构，也是中国传统社会中乡绅治理的一个生动标本。因为传统意义上乡村的建立，基本上是一种聚族而居的群落构成，一个村子一个姓，所以，说是面向族人，实际上亦即面向社会。义庄扶危济贫，对鳏寡孤独及其他困难家庭进行救济和帮助，对教育进行资助和奖掖，是一项利在当代，泽被万世的功业。只有两万多人口的小镇，却涌现出数学家华蘅芳、音乐家华秋苹、画家华君武、科学家钱伟长、国学大师钱穆等灿若星斗的人物，这和以义庄为特征的深厚的文化渊源，不无关系。拿钱穆、钱伟长来说，他们所就读的小学，就是由华氏义庄赞助创办的全国较早的现代小学。

将近一点了，在连接老街的人民路的南端，我们在百年老店"观振兴"用过午餐，便离开古镇。车上，我想到了文化这个词儿。我说不清文化是什么,但我知道,文化是一种风景,它以物质的形态保存下来,彰显人类的智慧和理趣;文化是一种导向,它以精神的传承,引领人类走向文明的高地;文化更是一种力量,拥有了文化,便能拥有世界。

2015.1.3

第六辑　岁月捡漏

奶奶是个"民国范"

　　我的奶奶生于光绪末年。套用一度流行的说法，我在这篇文章中，应该是可以称之为"民国老太太"的。她小脚，套裤，蓝布大襟褂子，有发髻，冬天还戴一顶黑色平绒帽子——是不是有点"民国范"呢？自然，生活在穷乡僻壤的她，和她的同时代人林徽因、张充和之类的"名媛"，不可并论。但是，有意思的是，她能说出许多格言式的俗语，并且身体力行。这些俗语，细细掂量，还颇具文化含量。

　　"宝宝，响雷会打头的"。这是奶奶经常挂在嘴边的一句话。响雷会打头的事儿很多。我们吃饭的时候，碗里有没吃干净的饭粒，她便会说，饭米子不吃干净了，响雷要打头的。洗锅刷碗时水里会积淀一些食物的残渣，必须留着喂猪，如果一不小心，将残渣连水一起泼倒到门外的地里，奶奶便会说，里面有粮食呢，怎么可以倒掉——响雷会打头的。邻居家儿媳妇不孝顺，和公公婆婆说话言辞不敬，把馊了的粥炒给卧病在床的公公吃，一家人吃饭时，说到了这事儿，奶奶也说：天理不容，会遭雷打的。在奶奶看来，雷便是天，是一种超自然的力量，无事不晓，无所不能，人在做，天在看，小到一言一行，大到处事为人，都必须心存敬畏，对自己有严格的约束。

"不要我儿孝顺我，我孙一定像我儿"。关于孝道，是一个很古老的话题。村子里，正面的、反面的事儿多有耳闻。只要说到这些事儿，奶奶便会撂出一句：不要我儿孝顺我，我孙一定像我儿。这是强调身教的榜样力量，强调家风的传承性。事实正是这样，一个对自己父母粗暴冷漠、口调不好的人，既是人子，又是人父，自己忤逆长辈，怎么可能指望自己的孩子孝顺？同样，一个对自己的双亲恪尽孝道的人，通过润物无声的熏陶，潜移默化的示范，他在父母身上的付出，会从自己的后代那里得到丰盈的回报。正是这种种瓜得瓜的隔代效应，引导一代代的人类，向善向上。

"儿孙自有儿孙福，莫替儿孙远焦愁"。小时候贪玩，常常不能完成父母交办的家务，比如挑猪菜空篮子回家，到地里摘豆子之类的事儿不能按要求做好。这时候，唠叨嘴的妈妈便会数落不停。奶奶便会走过来，帮着把事情做好，然后说出这句旨在纾解妈妈心中不悦的话来。姊妹几个，我和二弟岁数大些，小时候，父母亲没有为学习上的事儿忧虑过我们的未来，倒是为我们怕做家务操过不少心。尤其是二弟，不肯做活，便受到"懒"的指责。这时候，奶奶便及时地搬出她的名言。我至今记得这句话，倒不是因为奶奶的话当时为我们解过围，而是看看今天的孩子们被父母精心设计、越俎代庖，觉得奶奶简直是一个伟大的教育家了。奶奶对孩子的放手与豁达，具有哲人般的睿智。

当然，奶奶也决不姑息我们。即便吃饭，她对我们都有严格的要求：坐正，右手抓筷子，左手端碗。要"看菜吃饭"，不管菜多菜少，饭菜必须同步消耗，决不能饭没吃完，菜已经吃光。这有多大的难度啊——那时能有一个菜、一个汤就不错了，通常吃饭时，就是一个汤，吃粥，就是一个装着萝卜干或咸菜的"咸碗"。不仅要"看菜吃饭"，还要"可生穷命，不生穷相"，要讲究吃相，不许把碗朝自己面前拉，不许把筷子送到别人面前，要从上面吃，不许从里面掏，不许像搅水草一样捞。遇到人，要有礼貌，要喊人。有时候，我们不肯喊人，她便扔出一句："舌头打个滚，喊人不蚀本"。这看起来带有一点功利的味道了，但事实不正是这样吗，一声叔叔阿姨，或者一声姑姑婶子，于喊的人，是张口之劳，于被喊的人，如春风拂过，于是报以微笑或问候，这比起当今同乘一个电梯的邻居，见面互相端着，谁也不理谁——其实这是一种看不见的互相伤害，难道不是"赚"多了？

"给人家吃了传四方，给自己吃了下茅缸"。这是奶奶的待人接物之道。自己很俭省，却把好吃的留下来，待来客人时吃。还有，家里来人了，会做一些菜，她总要用碗盛上一点，送给邻居家的孩子或老人。而这，于总是吃不够的我们，很难以理解。奶奶于是就搬出她的"传四方"的理论根据。还就别说，不仅传四方，还传几代。奶奶已经过世五十年了，家里她的晚辈亲戚说起她来，总会夸她一番。后来，我的几个姑姑、我孩子的姑姑们，都亲力亲为她的"传四方"理论，并使之发扬光大。

"不怕穷，就怕熊"，奶奶的这句话，对我印象尤为深刻。社教时，在大队做总账会计的父亲被贴大字报，说他多吃多占。父亲回家，奶奶严肃地问他：有没有那些事？父亲笑笑，说：跟着一起吃吃碰头给钱不足是有的，但有人瞎说把公家的东西朝家里拿；拿回来你会不知道吗？奶奶说，吃了就要把账算清爽了，该多少给多少。"不怕穷，就怕熊"，那些贪小便宜的事儿，不能做。后来"四清"结案，工作组要爸爸退赔六十元钱，奶奶叫爷爷把猪圈里的一头卡子猪拖到集上卖了，支持爸爸退赔，使爸爸成为第一批"放下包袱"的干部。一次，生产队鱼塘"车鱼"（把水抽干取鱼），我带上鱼篓，到鱼塘边上"拾捎"（鱼取过后，任由自由拾取），捡回一条大一点的"鲢子"，到家后，奶奶见了，叫我送给生产队。奶奶还是那句话，"不怕穷，就怕熊"，鲢子鱼是集体放养的家鱼，即便"拾捎"捡到了，也要交给队里的。现在的许多人，正好把奶奶信奉的俗语颠了个倒，只怕穷，不怕熊，在道义和利益面前，本末倒置，可悲可叹。

　　读万卷书，行千里路，于是见高识广。但这两者，皆和我的奶奶无缘，她从灶头到地头，基本没出过村子，大字不识一个，她信口说来的那些"格言警句"式的俗语，我不知道是来自她的爷爷、奶奶或父辈的口耳相传、耳提命面，还是来自她所熟识的某个或某些别人，但可以肯定，她生活其间的那个环境，历史的和文化的，使这些俗语及其阐述的微言大义，成为她信奉的人生圭臬。我每每咀嚼奶奶说过的这些俗语，如同阅读林徽因和张充和一样，总能获得灵魂的滋养和精神的愉悦。

2017.8.20

爷爷当年看仓库

农村联产承包责任制实施之前，不属于行政建制的人民公社，分为若干生产大队，生产大队再分为若干生产队。生产队是最基层的经济核算组织，是最小的集体。每个生产队挨着打谷场的地方，一定有几间相对高大、坚固的房子，那便是生产队的仓库，用于存放粮食和一些农用物资。

我之所以对仓库留有深刻的印象，是因为爷爷曾是生产队"看仓库的"。仓库是生产队最重要的"基地"，对看护人的选择，要求较高。要有责任心，要不占不贪，当然，还要是半劳力——大劳力农忙下地，农闲上河工，这种"轻工巧"活是轮不到他们的。

奶奶去世后，爷爷荣膺这一差事。这一"重要岗位"，虽然让不少人眼热心跳，但其辛苦程度一点不低。一年365天，每个夜晚，都要睡在仓库里；白天，尤其农忙时，仓库的门正常开着，除了溜回家吃个饭，其余时间都要在仓库守着。报酬是每天5分工，不足一个大劳力的一半。好年景一分工的分值六分钱，如年景不好，也就二三分钱。"年薪制"，在每年的年底按户头结算。这样，爷爷每年可以挣1800分工，获得八、九十块钱毛收入，扣除他一个人的粮草款约50元，尚可分红二、三十元。爷爷能分到红，算是心满意足了。村里许多五六口、六七口之家，因人多劳少，不仅无红可分，而且，每年都是超支户，一年做到头的收入，都不够向生产队支付粮草款。

夏收或秋收之后，仓库里面储满用芦柴折子围着的粮囤。交完两季公粮，再分去各家各户的口粮，仓库里还有剩下的饲料和来年的种子。此外，还有为数不多的"余粮"，留作来年春天青黄不接时向断粮户提供"借销粮"。这些粮食储入囤子里时，需把表面抹平，然后盖上大印。管印的人是一个贫下中农代表，他管印却不能单独开印——印上有两把锁，需管印的和保管员一起到场，才能把印打开。爷爷看仓库的主要职责，就是要保证粮囤上盖着的印完好无损。自然，仓库的钥匙，只有他有。那时仓库管理的这种互相监督与制衡，作为农民的"发明"，倒真的具有相当的"先进性"。

不过，尽管管理机制严密，但在爷爷看仓库的时候，还是发生过两次失窃事件。一次是粮食还没有完全晒干入库，堆放在外面的场地上，被人掏出一个凹陷。一次是有人在仓库的墙角挖了一个洞，然后用一根竹管插进靠墙的粮囤，让囤子里的粮塌陷一块。两次窃案都很快被"侦破"，方法很简单——查。那时没有谁家有余粮，生产队干部带几个人，说是挨家挨户，其实重点就是对那几个家里尤为迫切的人家，室内室外一转悠，便能找到赃物。听说有一次是学田伯伯偷的。当床底下的一个装着半拉子玉米的笆斗被搬到光天化日之下时，学田伯伯扑通朝地上一跪：要怎么办随你们吧，家里已经揭不开锅了。当时有爷爷一起参加查的，他对带队检查的队长相庆爷爷说："把笆斗里的玉米过个秤留下吧，是多少，到分粮的时候，扣我的。"

爷爷看了七、八年仓库，其间亲历了仓库鸟枪换炮的变迁。原来的仓库，就是相当于两个普通农家的那种简陋的土坯房。后来，生产队用玉米芯到窑厂换回砖瓦，拆掉旧仓库，建起了六间宽敞高大的新仓库。砖墙，瓦顶，铁梁，水泥嵌缝，翻窗，原来一脚便能踹开的破板门，换成了厚实的铁插销门。就在那几年，大多数的生产队，都先后建起了面貌一新的仓库，它们成为改革开放之前的一道特殊的乡村风景。

爷爷是在一个早晨被爸爸请人从仓库抬回家的。爸爸前一天整天没看到爷爷，第二天一早，不放心，便到仓库看他。当时爷爷虽然还能坚持着将门打开，走路却倒倒歪歪。被抬回家后，爸爸为他请来保健站医生，打过几瓶点滴，但五六天之后，便撒手西去。他走了之后，另一个爷爷接替了他。但那个爷爷仅看了几年，就像当年队队建仓库一样，年把时间之内，每个生产队的仓库都被拆得干干净净。自然，以仓库为基础的那个叫做生产队的集体组织，以及与之密切相关的生产大队和人民公社，也一起从历史的舞台上悄然谢幕，代之而起的，是新恢复的乡村建制。

爷爷已经走了四十余年。我因为常常想起爷爷，仓库，这一特殊年代的标志性建筑，也因此鲜活地存在于我的记忆，不肯随时间淡去。

2018.1.31

有一种南瓜叫"斜瓜"

你知道"斜（qia，阳平）瓜"吗？其形扁扁圆圆，荸荠状，大的如木桶，小的似面盆，表层有一些凹槽，或光滑或粗糙。初为青色，成熟后色棕而近红。你说，这不是南瓜吗？没错，但它只是南瓜的一种。斜瓜之外，拉瓜和霸瓜，一族三门，被统称为南瓜。拉瓜弯弯长长，有一个麻花机一样的大肚子，有一段无囊无子的实心段子。霸瓜的形体介于斜瓜和拉瓜之间，瓜蒂这端，有斜瓜的大肚子，连接瓜藤的那端，有拉瓜的细而长，盈手可握。这三种瓜虽形状各异，但吃起来并无多大区别，拉瓜肉质板实，霸瓜次之，斜瓜又再次。

斜瓜是南瓜里的大部队。记忆里，每到仲春，母亲便在一片空地的中间，在早已翻晒过、施过肥的一溜直线上，播下瓜种。播瓜种的时候，母亲低着头，不和别人说话，不管是谁，一概不理；据说，开口说了话，这瓜种会被鸟雀刨开土层吃掉。待瓜秧子长出来，有了藤，母亲就把它们分别捋向两边；只一个多月，便藤牵蔓绕。早晨，硕大的瓜叶上，露珠晶莹，恰如长在池塘里的荷叶，既壮观，又温婉。五、六月份，是南瓜开花的时候,金黄的喇叭花,把花蕊围在喇叭的底部。花蕊有雌雄之分。后来知道,南瓜都可以经过昆虫同体授粉,但幼时,有一件工作,却是我和大人抢着做的事情——掐一朵雄花,去除外围花壁,取出花蕊,将其塞入雌花的蕊中——外婆称这叫"逗"瓜。前天想起这个事情的时候,我还打电话给我八十多岁的婶婶,请教她这瓜到底要不要"逗"。她说:不"逗"也行,"逗"了更好,能结得大些。"逗"斜瓜和霸瓜容易,因为它们多长在平地,"逗"拉瓜就比较麻烦了,拉瓜大多长在草堆或猪圈上,需要借助板凳垫脚或攀爬到上面,所以,妈妈或外婆"逗"拉瓜的时候,我常常仰着头,在一边看。

到小河边淘瓜种也很有意思。母亲做饭前拿两个斜瓜,洗净,再沿着瓜蒂和瓜结之间的对称轴线将瓜剖开,掏出瓜囊,她继续切瓜,叫我从瓜囊里挑出瓜种。瓜囊留下喂猪,瓜种得到河边淘洗干净,这自然也是我的事儿了。在河边淘洗瓜种的时候,许多鱼儿都视瓜种为美食,目中无人地冲进我的淘箩,我将淘箩提起,它们便成了我的猎物。再把淘箩沉入水中,鱼们虽有所收敛,但经不住诱惑,又游进来,再提,每次都能捉到一两条、两三条不等的小屌鱼,带回家,因数量少吃不起来,外婆就把它们在火叉上烫一烫,给猫解馋。

现在超市里卖的南瓜饼,有点儿南瓜的味道,有植入的甜,米粉、干面是主要成分。在餐桌上遇到这道菜,我不免想起小时候母亲做斜瓜饼的情形。选又大又红的斜瓜,洗净剖开去囊后,用干净的蛤蜊壳,将瓜肉逐层刮成瓜泥,装入盆中,加入葱、姜、再加入比瓜泥数量略少的面粉,拌匀后做成茶杯盖大小的饼子,文火细烤,吃起来,香甜酥软。我承认,那时良好的味觉感受,和饥饿关系极大,但即便现在,能用这种方法做出的瓜饼,也是许多人难得一尝的农家美食。

斜瓜给过我许多童年之乐,也曾让我伤心之极。自家自留地里,长出一大堆的斜瓜,集体也长,长了分给各家。早上南瓜粥,晚上南瓜菜,中午南瓜饭。母亲把瓜多米少的饭端上桌子，我却不肯动筷子，经不住催促，吃几口，竟然哗啦啦地吐了一地。然后想"坚决"不吃，却"坚决"不起来，因为当时家里能吃的东西，基本上是除了斜瓜还是斜瓜，含泪欲滴强吞瓜，充饥营养全靠它。七八岁的我，骨瘦如柴，却吃出了一个腆在前面的"斜瓜肚子"。不仅是我，那时候，小伙伴中绰号"二斜瓜""三斜瓜"的，大有人在，他们都有和我大体相似的形体特征。我爷爷个儿一米七六，我爸爸和我叔叔比爷爷还要高出一些，我只有一米七不足，不知这和小时候斜瓜吃得太多有没有关系。

二十世纪七十年代后期开始，有二十余年的时间，除了在婶婶家吃过几回瓜饼，斜瓜从我的餐桌上消失。但一次单位组织体检，我被查出血糖偏高，询问做医生的朋友，该如何调节饮食。朋友开出的饮食适宜一二三中，竟然有南瓜。于是，这久别的故知，又和我相逢在人生的秋季。在老家的时候，南瓜成熟后，我到乡下"扫荡"，总要背回不少，从秋天吃到冬天。当年的主食，一经成为辅食，那感觉，也从厌物变成爱物，"食疗"的感觉，极好。现在，回归六百年前的姑苏老家，我嫌从乡下向城里"搬运"不便，便每天到农贸市场，花两三元买切下的一段拉瓜，电饭煲煮饭时一同放进锅里，饭香瓜熟，竟吃瓜成瘾。

斜瓜在内的所有南瓜，口感差异常常很大，有的又糯又甜，有的食之无味。记得当年母亲吃到不好吃的瓜，会说这是被水伤了的。水伤和地势有关，但主要是雨水过多，日照不足。没有贮入充足的阳光的精华，这瓜之不受待见，也就在所难免了。对于一度存在过的对斜瓜的怨怼，现在想起来，我深有愧意，试想当时要是连斜瓜也没有，那岂不更加糟糕？让我们为生活祝福吧，愿明媚的阳光，给瓜、给瓜果蔬菜、给五谷万物，以最充足的滋养，让南瓜这一饱经沧桑的舶来品，成为大众生活的精彩点缀。

2017.10.15

白驹杂忆

  我对于白驹的最初的记忆，竟是两句在我的老家颇为流行的方言俗语。一句是歇后语：乡下妈妈（读第三声）上白驹——出省了。我的老家紧挨西团，而西团距离白驹，不过就是 30 里的路程。其实，在我的爷爷那一辈，上白驹如同出省的，绝不仅仅是窝在家里的妇女，大老爷们一辈子没去过白驹的，不乏其人。那时，对于范公堤以东的洪武移民的后代子孙，白驹确凿是一个都会，一个很远的地方。

  还有一句：白驹的戏难唱，钱好拿；西团的戏好唱，钱难拿。在没有电影和"文艺宣传队"之前，不论民间还是官间，所谓的文艺生活，除了说书，大抵就只有看戏了。淮剧名角筱文艳，京剧腕儿盖月樵父子，都不止一次到白驹、西团演出过。常常是先来白驹，然后被延请至西团。在白驹，因为有较多的票友，所以票房不是问题，但由于懂行的人多，所以，对演出的要求比较高，唱做念打，一招一式，都必须无可挑剔。而在西团，虽然票房没有白驹看好，但演戏却比较轻松，由于内行不多，即便演出中有所疏漏，也不易被观众发现。这是说白驹有较厚的文化底蕴。

  我第一次去白驹，是走着去的。每年夏天，村子里总有好多人去白驹看中医，说是伏天看病能得到根治。这年，我因为身体瘦弱，且经常咳嗽，母亲怀疑我有一次朝家里挑水时逞能，挑出了"伤力"，就给了我10块钱，让我跟几个看"伤力"的叔叔阿姨一起去。我们三点多就吃好早饭，开始朝白驹走了。那时去白驹的路，在弯弯曲曲的三十里河堤上。河堤外都是一些零星的河边荒地，有许许多多的坟茔，新的和老的，在朦胧的夜色下，有如鬼影森森。我不前不后地走在他们几个的中间，走不动也不敢懈怠。走过十五里庙，快到三里树的时候，天亮了，实在走不动，求他们一起坐在路边歇了会儿，继续赶路。

  到白驹医院的时候，还等了至少半个小时，医院才上班。杨树人和李平两位老先生坐诊。我是李先生看的。把脉，看舌苔，问一些吃饭多少，饭后感觉如何之类的话，就开始开方子。然后，到医院后面的一条街上的药店打药。一次五帖，竟然只有六块多钱，加上几毛钱的挂号费，再加上在街上吃的一碗鱼汤面，只用掉七块多钱。虽然李先生叮嘱，要吃完了再来复一下脉，但我后来再也没有来过白驹医院。我不能确定那五帖中药汤到底起了多大的功用，但咳嗽后来真的好了。杨李二位先生已作古多年，但现在村子里找他们看过病的人，还常常夸他们，说他们把脉准确。社会上对中医颇多争议，我不敢置喙，但有一点是确定的，那时白驹的中医，在全县一定是一张王牌。后来杨先生的儿子，因为家学渊源，做了县人民医院的中医科主任，便是明证。

  小时候再来白驹，是有一年春节，来住在通榆河边上的婶婶家拜年，婶婶带我到她在街上的一个亲戚家玩。我们过五孔闸（又叫北闸口），到三十里河桥南，拾级向下，朝西南方向，走到粮管所朝西的一个很高的大门楼，继续前行，便走到了北街的店桥口，然后拐个弯向南，便是卖日杂和百货的地方，再向南，至南街向西，在砖桥口附近，我们在婶婶的亲戚家吃过饭，又朝南走，到串场河边上的大桥口玩。店桥口有浴室、理发店、茶馆，是休闲的去处。砖桥口的一端，有一只精致的石头小马驹，桥上行人不绝，桥下绿水潺潺，有类似乌篷船的小船出没。大桥口，有点像现在的农贸市场。三个桥口，由窄窄的幽深的巷子连接成一体，有青石板或青砖铺成的路面。当时年幼无知，行走其上，不能感知其所具有的历史蕴含，现在想来，这些古街道倘能得到很好的重视和保存，其意义不在苏南的那些古镇之下。

　　还有一句话也说到了白驹。原话记不清了，大体意思是说白驹的人难说话，白驹的事不好做，说白驹的民风没有东部的一些乡镇淳朴。我对此的理解正好相反，包括白驹在内的本市几个古镇，因为有相对久远的历史，有相对殷实的文化支撑，所以，便多了自己的思考，少了人云亦云。其实，这种相对开化的民智，何尝不是一个地方发展的最重要的实力？

　　现在的白驹，有两张名片，一是施耐庵故居，文学名著《水浒传》的诞生地，一是玩具之乡。虽然梁山好汉只是古代文学画廊中的虚构人物，但当地镇府以古街道为基础建立的水浒街，却实实在在地留下过一代文豪深深浅浅的脚印。正是这种深厚的文化根基，使白驹人能够慧眼独具，用一种浪漫、休闲的情调，以千姿百态的玩具为载体，让自己走向世界。世界，因白驹而增添精彩，白驹，因世界而青春焕发。

2015.1.5

锁事琐记

乡下人家锁门，其实只是做个形式。那天在叔叔家，和叔叔婶婶一起离家外出。婶婶锁门，厨房朝外的门门闩坏了，婶婶从里面用一张凳子堵一下，把厨房朝天井的门拉上，关上堂屋门，然后从厨房和堂屋之间的院子门出去，用一把比大拇指大不了多少的铁锁，把院门锁上，把手从院门的缝隙伸进里面，将钥匙挂到围墙上方的一个钉子上。我问婶婶：有人想开门，手一伸，不就拿到钥匙了吗？婶婶说：没谁来的，来了想开门，拿不到钥匙还不一样进来？

不独婶婶家，农村人家的锁门，多是这样。20世纪60年代，许多人家的门锁，仍然用的是铜锁。四寸左右长，指头厚薄，外面是一层薄薄的铜皮，里面有能卡住锁键的锁簧。锁屁股上有一个小小的长方形钥匙孔，当钥匙插进，轻轻一推，锁键被推出，锁便得以打开。锁是如此的原始简陋，而钥匙的存放，则显示出锁主人目中无贼的漫不经心——很少有人把钥匙随身相带，而是朝窗台或猫洞随手一丢，有的干脆放到门外的某个空处，然后拿块砖头或废弃的木板什么的压住；有许多人家更为简略,只有出远门,得离家几天时,才把门锁一下,而钥匙依然不带,扔给邻居保管,有需要可以随时开门。

60年代末,70年代初,铁锁开始开始流行便逐步取代铜锁。一个浇铸的铁疙瘩,里面留些空,装上被弹簧顶着的珠子,钥匙旋转,弹簧把珠子调至一致的位置,锁芯便被打开,铁疙瘩上的U形小圆柱便轻松弹出。这种锁,比原来的铜锁要牢固不少。有些重要的地方,比如仓库、为了增加锁的安全系数,就把铁疙瘩做得特别地大,铁疙瘩一大,被卡子卡着的小圆柱就越粗,要砸锁撬门,难度自然相应加大。当然,如果遇到专业人士,从锁肚子里掏出弹簧和珠子,再大的铁疙瘩,也是一堆废铁。那年我在供销社,糖烟酒仓库的那把铁锁,足有四五斤重,照样被翻围墙而光顾者轻松打开,里面有钱买不着的10瓶一扎的洋河大曲,被窃走几十扎。

那种固定在门上的锁,不知怎么叫作"四不连"锁。这种锁适合装在独扇门上,如果装在双扇对开的门上,需要在一扇门的上下将其用插销固定。这种锁首先在机关单位及城市的宾馆流行,然后随着农村住房条件的改善而逐渐在农村普及。该锁的最大优点是使用方便,手轻轻一带,门便被锁上。但其缺点非常明显:想进室内的人,一旦找到或打开某个入口,便可顺畅地登堂入室。后来,这种锁在设计上有所改进,增加了反保险的功能,即通过锁门时的反向旋转钥匙,可以阻止室外的人进入室内。现在的各类防盗门上的锁,大多是在原来的"四不连"基础上的更新和升级,原理相同,只是在原来的簧片倒卡之外,增加了能够被钥匙旋进墙体的小圆柱,使门和墙咬合在一起。对于门外汉,这无疑是一夫当关,万夫莫入了。那次我有事急匆匆地下楼,随手把门一带,砰地一声响过,才记起一直别在裤带上的钥匙,换衣服时丢在房间里了。其他有钥匙的人在几百公里之外,我无计可想,便拨通了110电话求助。20分钟后,来了一位开锁的师傅,一把螺丝刀,一些可以塞进锁孔的塑料纸，没等我看明白，门已洞开。一百元的开锁费，让我开了眼界，知道了所有的防盗门，其实也就那回事儿。

我现在的居所的门，用的是电子锁。钥匙是一张长方形的精致的门卡。那天出门，奶奶说她没有口袋，叫我带上钥匙，我随口答应，然而当音乐响起，提示门被关上，才想起钥匙被小朋友拿了玩后并没有给我，故不知所往。开门时只得电话求助儿子，倒也省事，告诉我6位阿拉伯数字，手指轻轻一点，问题解决。然而又疑虑起来，我的QQ密码，设置了十几个数字加字母，竟然被盗过一回，如果有高手想破解这简单的6个数字，岂不是小菜一碟？

老家有客来，车子临时停在小区内的路道上。正和他们在家中喝茶，物业的电话打来，要求把车子开到小区外面的停车场。我跟客人拿来钥匙，到楼下帮助把车子开出。但到了车上，才发现此钥匙非彼钥匙，只是一个长方体的模块，车上无钥匙的插孔。想回头请教，又不好意思，只得瞎点乱摸，竟然把车子开到了外面。但锁车门准备回家的时候，明明听到车门锁上的提示声，但用手拉拉车门，竟然一拉就开。不敢离开，电话问询，客人答曰：听到提示声后你走你的，你走了别人就开不了了。事后问询，才知道这新式武器，用的是无线射频技术，车上的锁，能向它确认的主人自动打开。

不知道人类的锁技还会有怎样的进步和发展，但偶然看到的一篇介绍喜马拉雅山脚下的小国不丹的文章，却让我对锁的发展前景大失所望。不丹，这个以最后的香格里拉享誉世界的国家，竟然举国无锁之用武之地，国人中极少有用锁的人。小国寡民，长期受佛教教义的熏陶，宽厚仁爱，超然物外的思想早已渗入人们的生活，锁的作用便日趋丧失。由此，想起几年前听从日本归来的朋友叙述，在那里的大街上，你能看到许多的自行车，但没有一辆有锁，自然，也决不会有自行车的丢失。对于偌大的地球，不丹和日本，或许只是两个点，但从这两个点上升起的文明之光，通过对锁的没落的宣示，让我们看到了人类未来的灿烂希望。

我第一次用锁是在上初中的时候，两个人一张课桌，中间隔开，面前搁置书本的桌面上的一块木板可以向上打开。我不知灵感何来，在能够向上打开的木板的边缘和与之结合的桌子边上，分别旋进一个固定窗子的搭构的那种带螺纹的小圆环，几毛钱买一把小铁锁，把两个靠着的小圆环一锁，隔出一方虽然极小，却是属于自己的空间。但给自己的课桌上锁，并没有保住我的书本文具等不受侵犯，一次放了几天假，再来的时候，锁和两个连着木螺丝的小圆环都已不在，只看到两个空落落的钉眼，似乎向我投出嘲弄的目光。现在回忆这件孩提时代的小事，觉得人的天性，都不希望被人锁住，但总希望通过给外物加锁，守住一些属于自己的东西。

看来，锁还是需要的，即便在世界上所有的地方，它们都和在不丹和日本，和在我们目睹过的乡村一样遭遇冷落，即便天下之锁都由用物变为人们展示才华和智慧的工艺品，即便天下人都成为光明磊落的谦谦君子，锁都不可或缺。因为没有对于安放自己心灵的精神家园的坚守，怎能抗拒物质世界腾挪变幻的困扰？而这，无疑需要一把坚固的精神之锁，以挡住诱惑，保持心灵的宁静。如果没有自己的精神之锁，诸如名缰利锁之类外在之锁，就会使我们身陷其中。那时，各种别具创意的有形之锁，就会在我们身处其间的这个世界，泛滥成灾。

2015.10.8

白果树下祖师庙

这个冬日的午后，我们一行三人来到了老家的西团镇众心村西瓜菱团。

车子在路边停下，我们穿过两户人家之间的夹巷，朝农庄后面走去的时候，一位在自家门前整理场院的农妇问我们：来看白果树的？我们点头答应，然后按着她热情的指引，来到了农庄后的一片高地。

两颗银杏拔地而起，树高三十米上下，主干粗处三人方可围抱。树冠虽然被寒风撕扯得只剩主干和枝杈，但依然可以想见春夏时节的硕大和丰盈。两棵树相隔20余米，东面一棵的下面，搭着一个简易的棚子，棚子里放着一只铜铸的大香炉，香炉前面不远处放一块木板，当拜垫用。

我们来不仅是看白果树的。这里曾是我们的母校，当时叫大龙小学。同来的顾先生和王先生比我年长，我们在这里读书，虽然隔着十余年的时光，但对于学校的记忆，却没有多少差异。这是一所庙宇改做的学校。明代，这里是一个道观，后来，为了方便当地信众，七灶太平院的郎舟和尚以此为基础，建成分院，定名为祖师庙。二十世纪五十年代、六十年代我们在这里上学的时候，东西两边的厢房，北面的正殿，南面的副殿，都用作了教室，菩萨自然早已荡然无存，但庙宇院落依然完好。正殿后面有一块洼下去的平地，便是我们的操场。这两棵白果树，就在操场的南缘，傍依主殿，屹然矗立。

感谢这两棵历经沧桑的白果树，它让我们在一片茫然的时候，找到了母校的痕迹，捡起了一些零落的儿时的足印。小时候上学，虽家在五六里之外，但出得家门，便能见到学校里的白果树，看起来近，走起路来就觉得轻松了许多。更有意思的是，我们三个人，小学毕业时拍的合照，老师们竟然都选择了白果树的背景。呵呵，想不到，这召唤、护卫、陪伴过我们的白果树，在阔别五十余年后，又一次慰藉我们失落的心灵，给我们以抚慰和温润。

准备走了，王先生说，等等，看看能不能找到当时我们在操场上看到的一个很大的树桩。我和顾先生愕然。王先生说，他清楚地记得在这两棵树的西面不远，操场的边上，有一个比这两棵树大得多的树桩。哪里找到呢，王先生说的这个方位，已是一个浅浅的池塘，那是农庄上人家砌房子垒屋基挖的。

告别白果树，回到家里，我一直惦记着王先生所说的那棵清楚记得的树桩。忽然想起我收藏的一本20世纪80年代中期编撰的《大龙乡志》，打开来，在"杂记"编，我读到了一段这样的文字："庙西北角有一棵白果树，直径约1.3公尺，高耸入云，枝叶繁茂，朋遮庙宇。1945年，因新四军急需做手榴弹柄而伐，时年轮300余。"既称新四军，应该是抗日战争的尾期。300多年的树龄，说明该树是初建道观时所植。惋惜之情，不言而喻，只是能为抗战捐躯，也算是古树有灵，幸耶，悲耶？

祖师庙已成为历史的记忆，这两棵近140年的白果树依然健硕地活着。但祖师庙的本部——太平院，早就先于它的分院成为平地。同治8

年7月,朗舟和尚似乎预感到未来会发生什么,他向当时的清朝地方衙门提出了保护庙产的申请并得到恩准。朗舟和尚在申请中说:"凡一切修理兴建,皆僧自己倾囊,从未募缘。现本人年迈多病,恐后来有不肖之裔僧,不知珍惜,特陈情存案,请示勒石,无论古遗续置田产物件,一概不得典卖。"虔诚之心,真乃日月可鉴,只是历史的发展,岂是他于佛门之内可以逆料?

  古树终是有幸。五年前,它们挂上了大丰市人民政府颁发的古树名木保护牌匾。一百多岁,正是风华正茂的年纪。愿它们有勃发的青春,愿它们见证这块土地上日新月异的变化,见证这块土地有最美好的未来。

2014.12.28

闹钟却是有情物

　　这是一只买于 1992 年的闹钟。那年开春，我由乡镇调进县城。儿子 11 岁，在我原来所在的乡镇中心小学已读完六年级第一学期。为了减少儿子到县城读初中的麻烦，儿子也随同转学到县城的第二小学。家属还在乡镇上班，这照顾孩子的任务，主要地便落在我的身上。

　　我所做的第一件事便是到商场买了一只闹钟，以保证儿子能按时上学。每天晚上，我在临睡觉前给闹钟拧足发条，设定好闹铃敲响的时间。早晨，铃声响起，我先起床准备好早饭，然后喊儿子起身，洗漱，用餐，送他去学校。先住招待所，后租住民房，再后来才有了自己的房子，虽多次搬家，但无论住在何处，这闹钟都是我们最贴近的相伴，直至儿子高中毕业，它都忠实地履行自己的职责，一次没有耽误过我们。都说钟表需要擦油，但我的印象中好像一直没有给它擦油的记忆。一开始，它一个星期的误差也就三两分钟，后来，误差有所增加，但我在每天给它上发条的时候顺便调一下，也并不觉得麻烦。

　　儿子上大学，飞向属于自己的天空，我们便舒了一口气。上班虽然也有正常的时间要求，但比之孩子的上学，要悠然裕如得多。如果说，孩子上学要依赖闹钟切掉梦的一角，而上班，则可以给梦一片相对完整的天地了。所以，身边没有了上学的孩子，这闹钟，也就常常被搁置到一边。先是上发条不能准时，晚上忘了，便第二天补上，有时，发现钟已经停了，才蓦然想起。因为上发条少了规律，这钟的误差也没了谱儿，有时，即便发现误差，也懒得调整，竟至有时相差半个小时以上。

虽如此，但隔三差五，闹钟还有派上用途的时候，比如出差，需要提前赶车什么的，调好闹钟，睡觉时就多了几分踏实。但后来有了手机，手机上不仅显示时间，而且都有"闹钟"装置，使用起来比闹钟更为方便，闹钟便成为被时间遗忘的角落。落地钟，吊钟，尚有美化和装饰的功能，而闹钟，比拳头大不了许多的这种简朴的用物，实在不具备多少审美意义，它的被彻底冷落，便成为不可避免。

那天下班回家，门一开，那只久违的闹钟竟然躺在客厅的地上。圆形的钟体和一柄电话听筒形的"帽子"已经不在一起。正自诧异，奶奶过来了，唠叨："这宝宝，没有哪里翻不到，这闹钟被收在抽屉里多少年了，还被他翻出来，你看看，都弄成两块了。"宝宝是儿子的儿子，他嬉皮笑脸地捡起地上分了家的闹钟，给我："爷爷，坏了。"

我接过来一看，只是原来把它们连在一起的那个螺丝没有了。我把它们重新凑好，临时用胶带固定起来。上发条，才拧了两下，闹钟居然走了。我的心中倏然生出对这曾经的爱物的浓浓愧意，我拧足发条，把它放到房门边柜子转角处的搁板上，耳朵里便有了滴答滴答的声音，既熟悉，又陌生。人有慵懒常相弃，闹钟却是有情物。

人类对于时间的计量，从最初以日影确定时间，到后来漏刻、机械钟表的发明，到电子计时的普及，由粗疏到精致，由约略到精确，是一个不断进步、还在继续的过程。电子计时省却了人们拧发条的麻烦，但废弃电池对环境污染的问题，却不容小觑。而且，正如电脑能使人脑器官的某些功能产生退化，电子钟表免除了使用者的举手之劳，也使人与生俱来的惰性得到强化和滋长。从这个意义上说，我倒真希望机械钟表能够继续相伴我们的生活。如果能通过日复一日地按时给钟表上足发条，培养哪怕是增加一些我们对于某种事情的恒心和毅力，其对于人生价值实现的意义，自是不言而喻。

想起我敬重的泰州作家谷怀先生。五年前，他的孙女一出生，他便萌生一个念头：从宝宝的视角，用文字，记录宝宝成长的点点滴滴，每天一篇，每篇700字上下，写五年。到今年10月底，他终于按计划完成了这部100多万字的长篇巨制。撇开这部书的文学价值和儿童心理研究的意义不说，要在工作和杂务缠身的情况下，五年如一日，持之以恒地每天写700字，这需要怎样的意志和勤奋？

写书不是每个人都可以做到的，但假如给每人一只机械闹钟，我们有多少人能一以贯之，坚持每天按时给其上好发条，至其功能不具？不要说这样做有无必要，问题是，有多少人能够做到？如果你能够这样虔诚地做了，你一定是一个出类拔萃的人——因为你不仅具有超强的毅力和耐性，你的骨子里还有对于外在之物的敬畏，这样的人，做什么不能成功！

2014.11.8